『人斬り』少女、公爵令嬢の護衛になる

著：笹塔五郎
イラスト：ミユキルリア

JN103035

GCN文庫

目次

プロローグ

幼い頃からシュリネ・ハザクラは、ある人に仕えるためだけに育てられた。その人を守るために剣術を磨き、強くなることだけを必要とされたのだ。

そう教え込まれたから、別に生き方に疑いを持ったことはない。

言われた通りに剣術を学び、シュリネは気付けば強者との戦いを好むようになっていた。

キッカケは何だったか覚えてはいないけれど、弱い相手との戦いは面白くなくて、強い相手とのギリギリの命の奪い合いこそが、シュリネに唯一楽しみをくれた。

『人斬り』などと呼ばれたこともあるが、シュリネは決して快楽に任せて人を斬ったことなどはない。ましてや、守るべき対象を斬ることなどありえない――のだが。

「奴はどこへ行った!?　この辺りにまだいるはずだ！」

怒号が聞こえ、数名の人々が血眼《ちまなこ》になって人捜しをしている。

彼らが捜している相手は、シュリネだ。

シュリネは十五歳の誕生日を迎えて、今日から護衛としての任に就く予定であった。

護衛対象であるその人は、対面した時にはすでに死んでいた。

何者かに斬られたようであったが調べる間もなく、シュリネが謀反人として扱われたのだ。

おそらく、誰かに嵌《は》められたのだろう。

シュリネがやってきた日に何者かが事件を起こすことで、シュリネに濡れ衣を着せたのだ。

そして、誰一人としてシュリネを擁護する者はいなかった。親しい者などおらず、剣の道に生きてきたのだから、当然と言えば当然だろう。

「……はあ、どうしてこうなったのかなぁ」

長い髪を後ろに束ね、今日から初めての仕事ということで、珍しく身なりも整えてきた。

けれど、せっかく新調した服も無駄になってしまい、大きく溜め息を吐《つ》く。

シュリネが剣の腕を磨いてきたのは、名家の生まれであるその人を守るためであった。

顔を拝見したことは数度で、話したこともほとんどないが。

ようやく、これからという時に――シュリネは、自らの力を振るう場所を失ってしまった。

ここにあるのは、正真正銘の『人斬り』としての汚名のみ。捕まれば当然、死罪は免れないだろう。

きっと、シュリネには弁明の機会すら与えられることはない。

あるいは、見つけ次第『斬る』ように命令が下っているかもしれない。

「なら、ここにはもう用はないかな」

生まれ育った土地とはいえ、未練などない。

シュリネは自由になったのだ——誰に命令されることもなく、縛られることもない。

だが、本当の自由を得るためには、ここではあまりに知られすぎている。

故に、シュリネのすべきことは一つであった。

「——どこへ逃げるつもりだ、シュリネ・ハザクラ」

名を呼ばれて視線を向ける。

そこには、刀を構え、鎧を着込んだ一人の男が立っていた。

見知らぬ相手だが、明確に敵意があることだけは分かる。

「あなたは……」

「お前にはここで死んでもらう必要がある。全ての罪を背負ってもらって、な」

「——」

その言葉だけで、理解するには十分だった。——目の前にいる男は、シュリネの敵だ。

「あなたが仕組んだの？　それとも、他に仲間が？」

「お前が知る必要もないこと。だが、お前は適任だったよ。『人斬り』になっても違和感のない――そういう娘だ、お前は」

「わたし、犯罪者以外は斬ったことないんだけど――まあ、あなたも似たようなものだからいいかな」

「ふっ、ははは！　こいつは驚いた。まさか、俺に勝つつもりか？　お前の持つ刀が、俺の鎧に通るとでも思っているのか！　これは我が屋敷に代々伝わる由緒正しき代物《しろもの》。たかが小娘一人に、斬れるはずもなかろう」

「？　そもそも、あなたが誰か知らないし」

「知らぬと言うのならば、冥土の土産に教えてやる。俺の名は――かはっ」

瞬間、男は目を見開いた。言葉の途中で息を吐き出したのは、喉元を刃で掻っ切られたからだ。

見れば、少女は腰に下げていた刀を抜き放ち、その刃には鮮血が垂れている。

「……っ！」

パクパクと口だけを動かすが、声が出ない。

「いくら鎧を着込んでもさ、斬れるところを斬れば意味がないんだよね」

斬られた――油断していたのは間違いないが、十五歳になったばかりの少女に、男は簡単にやられてしまったのだ。驚くのも無理はないだろう。

だが、シュリネにとって見れば、男は本気を出すまでもない相手であり、これ以上話すのも無駄だと考えていた。

「別に、あなたがどこの誰かとか、目的がなんだとか、そういうのに興味ないんだよね。ただ、一つだけ――ありがとう」

刀を振って鮮血を刃から飛ばすと、シュリネは男に向かって礼を述べた。

「あなたのおかげで、わたしは自由を手に入れたから。一人でどこか行ってみようとか、そういう考えもなかったんだけど」

シュリネの言葉にも、男は答えることができない。

斬られた喉からの出血は止まることなく、それが致命傷であることは明白だ。

よろよろとした動きで、シュリネに向かって手を伸ばし――そのまま力尽きた。

男の誤算は、シュリネの実力が想定を遥かに超えていたということ。『人斬り』などと噂されても、たかが十五歳の少女だと考えていたのだ。

――実際には、彼女に剣術で勝てる者など、この国にいるかどうかも分からないというのに。

シュリネからすれば男の素性《すじょう》は不明のままだが、もはやどうでもいい。

シュリネを嵌めようとしたというよりは、権力を手に入れるために利用しようとした、ということころだろうか。

だが、この国を出ると決めた以上、もはや関係のない話だ。

「いたぞ、こっちだ――なっ!?」

シュリネを捜していた他の者達も駆けつけてきて、惨状に目を見張る。

首元を斬られ、まだ新しい血を垂れ流す遺体。それをやったのが、シュリネであることは明白だ。

言葉を失った男達に向かって、シュリネは淡々と言い放つ。

「追ってくるのなら斬る。たった今、そう決めたよ」

それは――シュリネにとっては決別の言葉であった。潔白を証明するよりも、濡れ衣であったはずの汚名を被《こうむ》り、罪人となる道を選んだ。

ここから先、先ほど斬った男とは全く無縁の者もいるだろうが、もう選別はしない。追ってくる者、敵対する者は全て斬り伏せる。

『人斬り』シュリネ・ハザクラが本当の意味で誕生した瞬間であった。

追手にも動揺は広がっているが、去ろうとする者は誰一人としていない。

目の前の状況を見ても、まだシュリネをただの少女と侮《あなど》っているのか――いや、むしろその逆。シュリネを明確な敵として認識したらしい。

シュリネはそんな彼らを見て、小さく溜め息を吐いた。

「はあ、別にいいけどね。ただ――容赦はしないよ」

それが開戦の合図となり、数分後には血の海が広がっていた。

シュリネを追った者のほとんどは斬り殺され、歴史に名を刻むほどの大罪人として知られるようになる。

だが、その頃にはシュリネは国を去っており、戻ってくることはなかった。

第一章　人斬り少女

――三か月後。『リンヴルム王国』の東、『アーゼンタの町』にシュリネの姿はあった。

行き交う人々の多くは、ちらりとシュリネに視線を送る。

この辺りでは珍しい黒髪に、東の国に伝わる派手な柄の服装もまた、それに拍車をかけていた。

だが、周囲の視線など気にすることなく、シュリネは一人、眉をひそめて唸る。

「……どうしよう。王都に行くか、ここは『外す』か」

シュリネが見ているのは時刻表であった。ほぼ同時刻に、違う方角へ向かう『魔導列車』がある。

片方は王都行きで、もう片方は外回りに他国へと向かう。

目的のある旅をしているわけではないシュリネにとって、方向自体はどちらでも問題ない。

ただ、路銀が底を突きかけている、という深刻な問題があった。

「王都に行って稼ぐところなかったらなぁ……」

辺境地では、魔物狩りなどで臨時報酬を得ることも可能だった。

だが、発展した土地となると話は別――何らかの組織に所属していないと、仕事を得るのは難しいという状態だ。

放浪の旅をしているシュリネにとっては、今のところどこかの組織に所属する予定はないし、何よりまだ若すぎるために、魔物討伐など自らの力を生かしたいところで雇ってくれるかどうか怪しい。

けれど、旅を続けるにはどうしても金の問題は付きまとってくる。

「こういう時は……」

腰に下げた刀を鞘ごと抜くと、シュリネは地面に突き立てた。真っすぐ立てて手を離すと――その方角は、外回りのルートを示していた。

これで決まりだ、王都に向かう必要はない。

迷った時は刀の示す方角に進んで、この三か月間は過ごしてきた。

今回もそれに従って、シュリネは魔導列車へと向かう。

外回りの魔導列車は辺境地も通る予定であり、乗客は疎《まば》らであった。

やはり、魔導列車内でもシュリネには視線が集まりがちだが、特に気にせず空いている席に座る。

「……」

「……」

そこで、通路を挟んだ席に座る少女と目が合った。

一目で高貴な生まれであるというのが分かる服装。整った顔立ちに美しいブロンドの髪色——間違いなく、彼女は貴族だろう。

その対面には、おそらく従者であろう女性が座っている。白と黒を基調とした服に身を包んでいた。

いつもなら視線を逸らしておしまいだが、他の人とは異なる雰囲気だった少女に、思わずシュリネは言葉を発する。

「何か？」

「珍しい服だと思って」

「ああ、これ？　東の方じゃ結構見るんだけど、こっちじゃ珍しいみたいだね」

「初めて見たわ。中々素敵じゃない」

「そう？　わたしからすると、あなたの服の方が珍しいけどね」

「なるべく地味なものを選んでいるつもりだけど、そう見えるかしら？」

「わたしはこっちの人間じゃないからね」

「へえ――」

「お嬢様」

まだ少女は会話を続けようとしていたが、対面の女性が一言発すると、不服そうな表情をしながらも押し黙る。

女性の方も、シュリネの方を見て軽く会釈していた。

『お嬢様』と呼ぶくらいだから、やはり高貴な生まれではあるらしい。

（本当なら、わたしはこういう人を守る予定だったんだよね）

今更、考えたところで仕方ないが――護衛として働く自分を想像しなかったわけではない。

目的のない自由な旅も悪くはないが、金銭面の問題に直面して、シュリネはすっかり現実を味わっていた。知らない国を旅するというのが、まだ十五歳の少女にとっては純粋な負担なのだ。

少女から視線を逸らして、窓の外を見る。

最後に数名乗ってきたところで、魔導列車はゆっくりと動き出した。

（王都も観光くらいしたかったけど、やっぱりお金がなぁ……）

小さく溜め息を吐きながら、シュリネは今後のことを考える。

地方ならば、魔物に困っている人の依頼を受けて、お小遣いくらいは稼げるかもしれない――だが、そんな生活をいつまでも続けているわけにもいかないことは分かっている。

ならばどうするか、いよいよ定職に就くことの検討に入っていた。

「お嬢様、この後の予定ですが――」

隣では、先ほどの少女と女性が小声で会話を始めている。

彼女達も、地方で何か予定があるのか、それとも国を出るつもりなのか、それは分からないし、興味もない。だが、

（ん……？）

誰よりも早く気付いたのは、シュリネであった。

こちらに向かって、前方と後方から三人ずつ近づいてくる人間がいる。

気配を殺し、足音も消しているからこそ、普通ではないことがすぐに分かった。

（まさか、このタイミングで追手……？）

辺境へと向かう列車内で、こっちに向かってくる謎の集団――シュリネを狙っていると考えるのが妥当だろう。

今まで、シュリネに対して追手が差し向けられたことは、国を出てからは一度としてな

い。

　だが、いないとは限らない――何故《なぜ》なら、シュリネは大罪人として手配されているからだ。

（他に乗客もいるし、こんなところでやり合うのは面倒だけど……仕方ないか）

　敵対するのならば斬る――それが、シュリネの信条だ。

　同じ車両に集団が入ってきたところで、シュリネは腰に下げた刀の柄《つか》に触れ、ゆっくりと立ち上がる。

　何故だか分からないが、こちらに対しての殺気は感じられない。気配を殺すのに長《た》けているのか、相当な実力者か。だとすれば、

「少しは楽しめそうな――」

「ルーテシア・ハイレンヴェルクだな」

　シュリネの言葉を遮ったのは、先頭を行く男であった。

　フードを目深《まぶか》に被り、前方と後方からそれぞれやってきた六人はいずれも顔が分からないようになっている。

　全員の視線が、シュリネの方に向けられた。それは隣に座る少女と女性も含めて、だ。

　当の本人は、困惑するように視線を泳がせている。

「え、あれ？　わたしの追手ではない？」

「何者か知らぬが、こんな小娘を護衛に連れているのか」

「彼女は関係ないわ。それで、私に何か用なの？」

少女――ルーテシアは立ち上がって、男の言葉に答えた。

堂々とした受け答えだが、これで状況を理解する――シュリネは、とんでもなく恥ずかしい勘違いをしていた。

自分を追って来た刺客かと思えば、全く別人を狙った刺客であった。

こんなことがあるのかと思い、思わず赤面してしまう。恥ずかしがっているシュリネをよそに、状況は進行する。

「用はある。すぐに済ませるつもりだ――お前の命を奪うだけだからな」

「何ですって……？」

男達は懐《ふところ》に隠したナイフを一斉に取り出し、構えを取る。

ルーテシアを庇《かば》うように女性が動き出したところで、その場にいた全員が動きを止めた。

「……何の真似《まね》だ？」

先ほどから話していた男の首元に、シュリネは抜き放った刃をあてがっていた。

ルーテシアと女性は、驚きの表情でこちらを見ている。

シュリネは視線を男達に向けたまま、

「理由は分からないけど、この人達はあなたのこと狙っているみたいだね」

「そうみたいね」

「小娘――」

「あなたには聞いてないから、黙っててよ」

刃をわずかに滑らせると、男は再び沈黙した。

この距離で下手《へた》な動きをすれば首を斬られる――それくらいは理解しているだろう。

「それで、切り抜ける手立てはあるの？」

「……質問の意味が分からないわ」

「だから、こんなに簡単に近づかれてさ、あなたを守ってくれる人はいないの？」

「……」

そう問いかけると、ルーテシアは押し黙る。

目の前の男達はすでに武器を手に取っていて、シュリネも抜刀してしまっている。相手が動いていないのは運がいいと言えるが、いつ動き出すとも限らない。

シュリネは小さく溜め息を吐くと、本題を口にする。

「わたし、ちょっとお金に困ってるんだ。護衛が必要なら、たった今から雇われてあげるけど」

「護衛って……貴女《あなた》は一体──」

「お嬢様、失礼を」

ルーテシアの言葉を遮って、彼女を守るように動いていた女性が口を開いた。

「私はハイン・クレルダ。ルーテシアお嬢様にお仕えする身です。単刀直入にお聞きしますが、あなたを雇えばこの状況を打破できると仰っているのですか？」

「確約はしないけど、いないよりはマシじゃない？　あなた一人で切り抜けられるって言うなら、別に雇わなくてもいいし」

「ちょっと、ハイン。話しているのは私で……」

「あなたの言う通りです──では、お願い致します」

シュリネが問いかけたのはルーテシアの方であるが、彼女に代わって返答がきた。

女性──ハインの方が、状況をよく理解している、というところか。

言葉を受けて、シュリネは目の前の男に言い放つ。

「そういうわけで、今からわたしはあなた達の敵だから」

「……ッ」

同時に、首元を斬り裂くように刀を振るう。

すぐにシュリネは振り返ると、後方にいた敵に対しても刃を振り下ろした。斬り伏せた相手をそのまま蹴り飛ばすと、シュリネは勢いに任せて刀を突き刺す。

「がはっ⁉」

後方にいたもう一人の敵の腹部まで突き刺さったところで、控えていた残りの三人が動き出す。

シュリネの前の一人はわずかに後ろに下がると、数本のナイフを取り出した。

即座に距離を取って戦った方がいいと判断したのだろう。

後方のもう一人はシュリネに向かって真っすぐ動き出し、もう一人は――ルーテシアに向かっていく。

それぞれが明確に役割分担して、仕事を完遂《かんすい》しようとしている。

あるいは、先行していた仲間がやられた場合も想定していたのか。

目の前の敵がナイフを投擲《とうてき》すると同時に、シュリネは跳躍した。

それほど高くはない車両の中でぶつかるギリギリまで飛び、椅子の上に着地する。

投擲されたナイフは仲間の方へと向かっていくが、咄嗟に切り払うだろう。

その間に、ルーテシアに向かった相手と対峙《たいじ》し、

「ちょっと伏せてね」

シュリネが言うと、ハインが反応してルーテシアに覆いかぶさるような動きを見せた。彼女の反応から見るに、それなりの実力者ではあるようで、護衛の役割も果たしていそうだ。

シュリネはそのまま椅子を蹴り、交差するように一閃――ルーテシアに向かって来た敵を斬り捨てる。

「……？　な、なんだ⁉」

ここでようやく、同じ車両に乗っていた乗客の慌てる声が耳に届いた。戦闘が始まってからまだほんの数秒――反応が遅れるのも無理はない。

幸い、ルーテシアの座席の前後に乗客はいないため、このまま戦闘は続けられる。

座席から座席へと跳ぶように移動したシュリネは、そのまますぐ近くにいた刺客の首を刎《は》ねた。

スパンッと音が響き、綺麗に首が飛ぶ。これで五人目――最後の一人は、背を向けると素早い動きで車両から逃げ出した。

本来ならここで追いかけるところだが、他に敵がいるかもしれない。

倒した相手の中にもまだ生きている者はいるが、シュリネは無視してルーテシアとハインに声をかける。

「とりあえず切り抜けたけど、この後は？」

「緊急事態ですので、魔導列車を停めます。お嬢様、こちらに」

「……っ、仕方ないわね」

ルーテシアはやや不服そうな表情をしながらも、ハインの言葉に従って動き出した。

魔導列車の車両と車両の間に行くと、ハインはすぐにそこにあったベルを鳴らした。

大きな音と共に、魔導列車が揺れる。

「お嬢様、こちらにお掴まりください」

言われるがまま、ルーテシアは手すりを握る。

シュリネは大きく揺れる中でも、バランスを崩すことなく立っていた。

「この音は何かの報《しら》せ？」

「車両内で問題が発生した場合に、緊急停止を促すベルです。今、まさに緊急事態ですので」

「なるほどね。停めた後はここから逃げる、でいいのかな」

「いいえ、魔導列車には王国の騎士が駐在していますし、まだここは町の近くです。すぐに応援が来るでしょうから」

「そこまで守り切ればいい、と。なんだ、もう終わったようなもんだね」

他に刺客が潜んでいないとも限らないが、少なくとも近くに気配はない。

もうしばらく、近くにいて守れば仕事は完遂できそうだ。

「貴女は……何者なの？」

ルーテシアがシュリネに問いかけてきた。

その表情から窺《うかが》えるのは、疑念。いきなり刺客と戦って助けてくれる人が現れるなんて、信じがたいと言ったところだろうか。

確かに、常人ならば何もできない状況には違いない。

だが、幸か不幸か――シュリネは普通の人間ではなかった。

「そう言えば、まだ名乗ってなかったね。わたしはシュリネ・ハザクラ。まあ、見ての通りの旅人だよ」

「旅人……？　そんな人が、どうして私を助けようとするのよ？」

「どうしてって、さっきも言ったでしょ。仕事として引き受けたの。旅の資金が底を突きそうで」

「旅の資金って……。まさか、本当にそんな理由で？」

ルーテシアはまだ納得がいっていない様子だが、シュリネにとってはそれ以外の理由は特にない。あえて言うならば、

「あとは……わたしって元々、あなたみたいな高貴な人を守る仕事に就く予定だったから。何となく、こういう仕事を一回くらいしてみたかったってだけ」

「え？　それは、どういう――わっ!?」

ガタンッ、と再び車両が大きく揺れ動く。

停止しかけていたはずの魔導列車が、再び加速し始めたのだ。

何が起こったのか、確認しなくても分かる。

「魔導列車ごと乗っ取られたみたいだね」

「やはり、他に仲間がいたようです」

「な、ここまでする……!?」

毅然としていたルーテシアも、さすがに動揺の色が隠せなくなってきているようだ。

こうなってくると、気になる点がある――ここまでして狙われる理由はなんなのか、だ。

「ルーテシアはどうして狙われてるの？　やっぱり偉い人だから？」

「別に、私は偉くもなんともないわよ。貴族の家に生まれたってだけで」

「……」

ルーテシアよりも、ハインの方が狙われる理由を知っていそうな反応だった。

だが、彼女はここで話をするつもりはないらしい。

「ま、いっか。あなたの護衛――それが、わたしの受けた依頼だから。報酬は後で相談させてもらうけど。次はどうするの？」

「魔導列車を奪還する――それしかないかと。敵はおそらく、この列車ごとお嬢様を始末する気です。乗客もろとも」

「！　な、何よ、それ……頭おかしいんじゃないの!?」

「確かに、正気じゃないね。じゃあ、敵は全部始末する……そういう方針でいい？」

「はい、構いません」

「ちょ、ちょっと！　私を差し置いて何を勝手に――」

「お嬢様、今はどうかご自身の安全のみをお考えください」

ハインが膝を突いて、ルーテシアに言った。

彼女がルーテシアに対して忠誠を誓っていることが分かる。

それでも、ルーテシアの表情は納得していなかったが、

「わ、分かったわよ。従えばいいんでしょ、今は」

「ありがとうございます」

「話がまとまったなら――」

シュリネは刀を抜き放ち、連結部の扉に向かって刃を突き立てる。その向こう側には、

シュリネ達を追ってやってきた刺客の一人がいた。

「気配で丸分かりだよ」

ずるりと刃を抜いて、シュリネはルーテシアとハインに向き合う。

「改めて……話がまとまったなら、さっさとこの魔導列車、取り返そうか。わたしが先行するから、ついてきてくれる？」

「はい、お願いします。お嬢様、参りましょう」

シュリネが前を行く形で、魔導列車の中を進んでいく。

乗客達は加速していく魔導列車に混乱している様子だが、気にしている場合ではない。

操縦席は一番前方にあるはず――二両ほど進んだところで、前方から三人組が姿を現した。

「基本は三人で行動してるってことかな」

刺客の一人が姿勢を低くして、駆け出す。

後方の二人が援護をするつもりなのだろう――だが、シュリネはそれよりも早く動いた。

駆け出してすぐに跳躍し、刃を振るって刺客の首の辺りを斬る。

鮮血が舞い、そのままシュリネは勢いのままに刃を後方の二人へ投げ飛ばした。

「ガッ――」

「ひ、ひぃ……!?　なんだ!?」

「ごめん、説明してる暇はないんだよね」

怯《おび》える乗客に、そう一言だけ答える。

残りの刺客が、シュリネの投げた刀を握り、相対した。

「武器を手放すとは、愚かだな」

「あなたくらいなら、これで十分だよ」

そう言って、シュリネはナイフを見せる。

すぐ傍で食事を摂っていた乗客から奪ったものだ。

「舐めるなよ、小娘が」

刺客は刀を構えたまま、駆け出した。

シュリネも距離を詰めると、刺客が刀を振るう——だが、座席にひっかかり、動きが止まった。

「……っ!」

「馬鹿だね、使い慣れない武器ならそうなるって」

魔導列車の中では、そもそも刀は簡単に振り回せるものではない。

シュリネだからこそ扱えているのであり、むしろナイフなどといった武器の方がここでは戦いやすいのだ。

躊躇《ちゅうちょ》なく、シュリネは刺客の首元にナイフを突き立て、引き裂いた。

そのまま、前方の座席に隠れていた刺客に対し、ナイフを投げて突き刺す。

「四人組だったんだね。ちょっと気付くのが遅れたよ」

「ぐ……くそ――かはっ」

シュリネは刀を握って、そのまま刺客へととどめを刺す――乗客達は騒いでいたが、突然始まった『戦い』に気付けば静かになっていた。

シュリネは振り返って、控えていたルーテシアとハインを呼ぶ。

「このまま、操縦席まで一気に行こう」

「……本当に、何者なの？」

「分かりませんが……どうやら、雇って正解ではあったようです」

ルーテシアの疑問に、ハインは答えられない――だが、間違いなく言えることは、シュリネの強さは異常だった。

＊＊＊

——魔導列車の先頭車両に、ヴェルト・アーヴァイスはいた。

筋肉質な身体《からだ》つきで、魔導列車の普通の人間であれば楽々と通れる広さのある通路も、彼にとっては狭く見えるだろう。

数名の部下を引き連れて、完全に制圧した状態だ。

ここに待機していた騎士もいたが、すでにヴェルトによって葬り去られ、遺体は魔導列車の外に投げ出された。

それだけで、見せしめには十分な効果がある。——逆らえば死ぬ、という絶対の恐怖が。

「——なぁ、オレはこんな仕事を終わらせて、今日はさっさと飲みに行きたい気分なんだ」

不意に、ヴェルトは口を開いた。

それを聞いて、部下達は少し焦った様子を見せる。

「ターゲットは小娘一人。オレ達、猟兵団の敵じゃあねえ——だろ？　とっくに終わってるはずなんだよ、この仕事は」

「はい、その通り——」

「だったら、なんでまだ終わってねえッ!?　どころか、乱入してきた小娘にやられて帰ってきた奴までいやがるじゃあねえかッ！」

ドンッ、と拳を床に叩きつける。先ほど、ルーテシアを始末するために送り込んだ六名のうち――生きて帰ってきたのは一人だけ。

ヴェルトはそんな簡単な任務に失敗した部下を生かしておくほど甘い男ではない。車両の壁にめり込むように打ちつけられ、絶命した死体がそこにはあった。

「わ、分かりません。確か、護衛のメイドが一人いたは――ず!?」

答えた部下の一人が、ヴェルトに頭を掴まれて驚きの声を上げた。

「メイドが一人？　なら、小娘が二人になっただけだ。それで、どうしてまだ終わらねえ？　オレの部下に弱い奴はいらねえんだ……分かるよな？」

「ギ……ァ」

ミシミシと頭を握るだけで、骨が軋《きし》む音が響く。

だが、ヴェルトは不意に何かに気付いたように離した。

「おっと、いけねえな。お前はまだ失敗はしてない奴だ。ここで殺すのは、ただの損失になる。オレとしたことが、危うく自分の信条を破るところだったぜ」

頭を潰されそうになった部下は、怯えた表情でヴェルトを見る。まだ失敗していない――生かされた理由はそれだけだ。

そんな時、部下の一人がまた、報告に戻ってきた。

「ご、ご報告が……」

「いい報せなんだろうな?」

「それが、始末に向かった者が次々と――」

「おい、失敗したのなら、何でお前は戻ってきたんだ?　オレは『始末した』以外の報告を聞くつもりはないんだが」

ヴェルトが言葉を遮ると、周囲は静寂に包まれた。

ゆっくりとした動きで、ヴェルトは報告に来た部下の前に立つと、そのまま拳を振り下ろした。

ズンッ、と車両全体が揺れるような衝撃。拳一つで、簡単に人を殺せる威力があった。

「どいつもこいつも使えねえ。オレが直接、潰してきてやる」

血に濡れた拳を握りしめ、ヴェルトは隣の車両へと移る――

「なんだ、もう来やがったのか。手間が省けたな」

そこには、刀を握った少女が一人、待ち構えていた。

＊＊＊

先頭車両の付近までシュリネは止まることなく、進み続けた。送られてくる刺客の全てを斬り殺し、ついに刺客の頭目《とうもく》と思《おぼ》しき男と対峙する。

「……おい、おいおいおいおい！　小娘二人に何を手間取ってるのかと思えば、三人目がいたのか！　こりゃあ傑作だ。オレの部下が、小娘三人にほとんどやられちまったのか？」

「やっぱり、あなたがリーダーなんだ。他の人達とは違って多少は戦えそうだね」

「なんだ、お前は。ターゲットでも、お付きのメイドでもねえだろ」

「わたし？　わたしはさっき護衛を頼まれたから、送られてきた刺客は全員始末したよ」

「お前が？　一人で、か？」

「護衛だから、そうでしょ」

「は――はははははははっ！」

シュリネの言葉に、男は大声で笑い出す。

車両の天井にまで届きそうなほどの体格で、声だけでまるで車両全体が震えるようだ。

「ははははは……はぁ、久しくこんな笑ったことはねえ。お前がオレの部下を全員やったって？　なら――証明して見せろッ」

男が拳を振り上げ、シュリネに向かって殴りかかる。

咄嗟に、後方へと下がった。車両の床に拳が衝突すると同時にメキリッと鈍い音を立てて、全体を大きく揺らす。

「――っと、馬鹿力だね」

「オレはこの拳で何百人も殺してきた猟兵だ」

「？　猟兵なのに、拳で殺してるんだ？　武器を使うのが普通だと思うけど」

「武器も使えるさ。だが、こういう場所じゃあ、拳でやるのが一番楽だろ？」

「それは否定しないけど――」

「ちょっと！　あなたが私の命を狙っている奴らのリーダーなんでしょ！　一体、どういうつもりなの！」

シュリネの言葉を遮るようにして声を上げたのは、ルーテシアだ。車両の後方に控えていたが、やはり命を狙われる理由は知っておきたいのだろう。

「オレは依頼を受けただけだ。お前を殺す依頼をな。理由なんてどうだっていい」

「な……っ」

「うん、わたしもそれは同意見だよ」

言葉を失うルーテシアに対して、シュリネは男に同意する。

「わたしは彼女を護衛するだけ。だから、敵であるあなたは――斬る」

「はははははっ！　二度も笑わせてくれるじゃねえか。お前、名前は何て言う？」

「ん？　シュリネだけど」

「シュリネか。オレはヴェルト・アーヴァイス――今からお前を殺す男の名をよく胸に刻んで……逝《い》けッ」

男――ヴェルトが駆け出す。狭い車両の中、周囲を破壊する勢いで向かって来る。

おそらく、シュリネごとルーテシアを殺すつもりなのだろう。

確かに、拳の威力を一撃でも受ければ、シュリネの身体は簡単に潰されてしまう。

掠《かす》るだけでも致命傷に繋がる――細い刀では、受けることは難しいだろう。

故に、シュリネはヴェルトへと向かっていった。

狙われているのがルーテシアであり、護衛という役目を果たすのならば距離を詰めるのが正しい。

当たり前だが、ヴェルトは乗客など気にせずに攻撃を仕掛けてくる。

シュリネもまた同じ――護衛の任務に必要なのは、対象を守ることだけだ。ただし、

「あなた程度なら、乗客を守りながらでも戦えるかな」

「……な、があああああああああッ！」

ヴェルトの叫び声が響き渡る。

拳が振り下ろされる瞬間――シュリネはさらに加速して、ヴェルトの懐に入った。

そのまま、ヴェルトの腕を肘の辺りで切断する。

太く硬い腕ではあったが、骨の隙間を狙えばシュリネの刀でも簡単に切断することができた。

何より、刀にはさらに『切断特化』とするために微量の魔力を纏《まと》わせている。

「この、小娘がァ……！　よくも――」

「悪いけど、話をする暇はないと思うよ」

シュリネは跳躍し、ヴェルトの顔の前で刀を振るう。

ギリギリのところでヴェルトは残った左腕の掌《てのひら》でそれを防ぐ――魔力を帯びた手甲は頑強であり、骨の辺りでピタリと止まって完全には斬り落とせなかった。

ヴェルトの受けた傷は深刻なはずだが、力任せに腕を振るおうとする。

シュリネはすぐに刀を手放して、距離を取った。

「……認めてやる」

「？」

「お前は強い。オレの片腕を奪い、もう片方の腕もこの様《ざま》だ。あの状況で、前に向かってくるなんて狂ってるというほかない。だが……」

ヴェルトはシュリネの刀を見せつけるように、手を前に出す。

「得物がなければ、ただの小娘だ……ッ」

「なにそれ。勝ったとでも言いたいの？」

「違う。お前、そいつからいくら金をもらう予定なんだ？」

「まだ決めてないけど」

「そうか——なら、金ならいくらでもやる！　オレにつけ」

「……はあ？」

シュリネは眉をひそめ、ヴェルトを睨んだ。

今、この男はとんでもないことを口にしている。

「お前は金で雇われただけなんだろう……？　オレはもう、これ以上お前と戦うことにメリットを感じない」

「それがどうして、わたしがあなたにつくことになるの？」

「その小娘——ルーテシアの命を狙ってるのは、オレだけじゃねぇ」

「……っ！」

ヴェルトの言葉に、ルーテシアは驚きの表情を浮かべる。

彼女が狙われている理由を、シュリネはまだ知らない。

ルーテシア自身もよく分かっていない様子だった——ヴェルトは当然、その理由を知っているのだろうが、おそらく言うつもりはないだろう。

だが、ヴェルトの言いたいことは分かった。

「つまり、ルーテシアを護衛するのはリスクが高い、だから自分と組め――そういうことと？」

「よく分かってるじゃねえか。ここで出会って依頼を受けただけの関係なんだろう……？なら、オレと組んだ方がさっさと仕事も終わって、金も稼げる――違うか……!?」

ヴェルトからは必死さを感じた。

なるほど――頭に血が上っていたように見えたが、意外と冷静だ。状況が不利と判断するや否や、まだ関係が希薄である点を突こうとしているのだろう。

シュリネは小さく溜め息を吐くと、くるりと踵《きびす》を返し、ヴェルトに背を向けた。

ルーテシアの隣にいたハインが素早く反応し、彼女を庇うように前に立つ。

「はっ、ははははは！　話が早くて助かるぜ！」

「――勘違いしないでよ、あなたにはもう戦う価値がないからやめるだけ」

「……なんだと？」

シュリネは再び、ヴェルトに向き合う。

すでに臨戦態勢を解除したシュリネは、

「もう、わたしと戦う気がないんでしょ？　なら、さっさとわたしの前から消えてくれる？　そうしたら、命までは取らないから」

すでに戦意を喪失した相手に興味はないし、ヴェルトの限界は分かっている。

シュリネにこんな交渉にもならないような話を持ち掛けるのがいい証拠だ。

この男にはもう、戦う価値はない――だが、

「戦う気が、ないだと……!?　てめえの武器はここにある！　オレの腕を一本奪った程度で、もう勝った気でいるのか!?」

簡単に引き下がるような性格だとは、シュリネも思っていない。

「わたしと同じこと言うんだ。でも、わたしは勝った気でいるけど」

「――交渉決裂だなぁ……ッ」

ヴェルトは腕を振るってシュリネの刀を床に叩きつけると、それを踏みつけてへし折った。

「これでてめえの武器はなくなった！　オレと殴り合いで勝負するか!?」

「それもいいかもね」

「調子に乗ってんじゃねえ！　武器もなしでオレに勝てるわけがねえだろうが！」

残った左腕を振りかぶり、シュリネへと向かってきた。

シュリネはそれを見て、また小さく溜め息を吐く。

――すでに決着はついているというのに、無駄なことをする。

シュリネは構えを取ると、その場で腕を振るった。

瞬間、ヴェルトの残った腕が切断され、宙を舞う。

「……は？」

「魔刀術――《水切》。魔法くらい、わたしだって使えるよ」

シュリネは薄い魔力の刃を作り出し、ヴェルトの腕を容易《たやす》く斬ったのだ。

「な、あ……オ、オレの両腕を……！」

「まだやるの？」

「ひ……っ！　ま、待て。オレはもう、戦えねえ。頼む、見逃してくれ……！」

「それは無理」

「え――」

シュリネがヴェルトの首に向かって腕を振るうと、綺麗な切り口ができて、そのまま首が床に転がっていく。

「逃げるチャンスは何度もあったからね。あなたみたいなタイプって、このまま見逃すと逆恨みしそうだから」

ヴェルトの身体は脱力して、床へと倒れ伏す。流れ出る血液が広がっていくが、シュリネは気にせず前に出た。

「さてと……あとは消化試合かな」

そう言って、シュリネは先頭車両へと向かっていく。――戦いが終わるのに、それほど時間はかからなかった。

＊＊＊

結局、ヴェルトが倒されたことで残党達は降伏の道を選んだ。

戦う意志のない者とシュリネは刃を交えるつもりはない――魔導列車の暴走を食い止めることには成功し、一先《ひとま》ずの護衛の任務は果たせた。

魔導列車に常駐しているはずの騎士はすでに殺されており、ヴェルト達の手際のよさは評価できる点がある。

しかし、シュリネという存在が、彼らにとっては誤算だったのだ。

「大方、周辺の魔物も片づけたよ」

魔導列車の中で待機していたルーテシアとハインの下《もと》に、シュリネは戻ってきた。

現在、魔導列車が止まっているのは森の中心部――ヴェルトが暴れたことで車両に激しい損傷があり、すぐに動き出すことができない状態だった。

応援の騎士がやってくるまでには時間がかかるために、この周辺にいる魔物をシュリネが討伐し、『血の匂い』を漂わせることで、魔物避《よ》けとしていた。

いわゆる人を襲うタイプの魔物であれば、仲間がやられた場所にわざわざ近づこうとはしない。

シュリネはそういった魔物を選んで討伐してきたのだ。

「……」

ルーテシアは黙ったまま、シュリネのことを見ている。

「？　わたしの顔に何かついてる？」

「いえ……貴女、魔物狩りもできるんだって思って。まあ、さっきの戦いを見ていれば、強いのは分かっていたけれど」

「この辺りには特別、強い魔物はいなさそうだから。でも、得物は壊されちゃった」

シュリネが今、腰に下げている鞘には折れた刀があるだけ――魔物を狩るのにも、魔法を使うしかない。

「わたし、魔力量はそんなに多くないから、武器がないと長期戦はできないんだよね」

「……それって、私に話して大丈夫なの？」

「ん？　なにが？」

「魔力が低い――それはすなわち、あなたの弱点になるのでは」

シュリネの疑問に答えたのは、ハインだ。

彼女は周囲を警戒しているようで、シュリネの方には視線を向けずに窓の外を確認している。

先ほどの戦いを経て、ある程度シュリネのことは信頼してくれているのだろう――ルーテシアの傍にいても、警戒する様子はない。

シュリネが刺客であるのなら、ルーテシアを始末する隙はいくらでもあったから当然と言えば当然だ。

「魔力が少ないから極力、魔法を使わない戦い方をする――だから、別に弱点にはならないよ。苦手な相手はいるけど」

「ふぅん……。ああ、それと――お礼は言っておくわ、ありがとう。貴女のおかげで生き延びられたわ」

「いいよ、仕事だし。それより、報酬は用意してね」

「お金ならあるわ。引き継いだばかりだけれど」

「？　引き継いだ？」

「――そのお話については、また後ほど」

また、ハインがシュリネの問いかけに答える。

ハインはおそらく、ルーテシアが狙われる理由を知っている。

一方で、ルーテシアはどうして命を狙われているのか――今も理解できていない様子だった。

故に、話の詳細を聞くならハインの方なのだろう。

ここですぐに話すつもりはないようで、ルーテシアは少し不服そうな表情でハインを見ていた。

「私にも説明をしないつもり？」

「まず、お嬢様の安全を確保するのが先決ですから。どこで誰が聞いているかもわかりませんし」

「それは、そうね」

ルーテシアが納得したように頷き、ここでの話はまとまった。騎士が来るまでの間は大人しく待つしかない。

ただ、一つだけ確認しておくことがシュリネにはあった。

「あ、そうだ。ちなみにわたしとの護衛の契約は、どこまでにする？」

「どこまでって……」

問われたルーテシアは、ハインの方を見る。

「……少なくとも、しばらくの間は契約させていただきたく。ここでの護衛の報酬も含めて、まとめて話しましょう」

「分かった。じゃあ、しばらくはよろしくね」

どれだけ続くか分からないが、当面の間の稼ぎは大丈夫そうだ。

――王国の騎士がやってきてから、シュリネが思ったよりも早く列車から解放されることになった。

理由はただ一つ、ルーテシア・ハイレンヴェルクがいたからに他ならない。

ルーテシアは王国における五大貴族の一つ、ハイレンヴェルク家の現当主だと言うのだ。

高貴な生まれというだけでなく、本当に高貴な人だったというわけだ。

刺客のほとんどはシュリネが始末して、一部は逃走している――逃げた者達については騎士が対応するとのことだ。

――ルーテシアは結果的に、魔導列車で発生した事件を解決した人物、という扱いになったのだ。

目撃者が多かったのも救いだろう。

一部の人間は、シュリネが殺戮《さつりく》を繰り返していたと勘違いもしていたようだが、先頭車両の方にいた者達からすれば、間違いなく命を救われたのだ。

その証言の信憑性が高い、と言ったところだろう。

後日、また話を聞かせてもらいたいとは言っていたが、特に行先などは告げることなく――シュリネは今、ルーテシアとハインの二人と共に、馬車に揺られていた。

一度、魔導列車を出発したアーゼンタの町に戻り、そこで調達した馬車で、向かう予定だった場所とは別のところに向かっているようだ。

「ねえ、予定した場所とは違う方に向かっているわよね？」

「はい、お嬢様。すでに予定通りには行かなくなりましたので」

「だからって、仕事を放って逃げろって言うの？」

不機嫌そうに、ルーテシアがハインを問い詰める。

先ほど命を狙われたばかりだというのに、仕事を優先しているのは中々肝が据わっている。

感心するシュリネだったが、彼女達の会話の内容についてそれ以上興味を示すこともなく、外の景色をただ眺めていた。

シュリネの役目は、とにかくルーテシアを刺客から守り抜くこと――それだけが条件なら、そこまで難しい話ではない。

「……そうですね、そろそろ説明が必要かもしれません」

「ようやく話す気になったのね。そもそも、主人である私に説明がないのがおかしいのよ」

「先ほどは急でしたので。本当は到着してから、全てをお話しするつもりでした」

「そう、なら早く説明して。仕事のことだってあるんだし」

「まず、今日向かう予定だった場所で、お嬢様の仕事はございません」

「……は？　どういうこと？」

「言葉のままです。全て、お嬢様の安全を確保するために、急ぎの用件があると偽った次第」

どうやら、ハインがルーテシアに嘘を吐いて連れ出したようだ。

つまり、ルーテシアは現状、本当に何も知らないままに命を狙われていることになる。

「私の安全って……貴女は私が狙われている理由、知っているのよね？」

「はい、存じております」

「なら、その理由を話しなさい。隠すつもりは……ないでしょう？」

「もちろんです。まず、結論からお話ししましょう。お嬢様の命は――この国の未来そのものです」

「…………何を言っているのか、全く理解できないんだけれど」

ハインの言葉に、一層険しい表情を浮かべるのはルーテシアだ。

いきなり『この国の未来』などと過剰とも言える表現が出れば、当然の反応と言える。

「ルーテシアが女王にでもなるの？」

「な……そんなわけないでしょ！　――ないわよね？」

シュリネの問いかけに、いったんは強く否定したものの、状況が状況だけにルーテシアはハインに問いかけた。

「はい、一応……お嬢様にもその権利はありますし、不可能ではありません。ただし、王族の跡継ぎがいない状況であれば、というお話になりますが」

「なら、無理ね。第一王子に第二王子……それから第一王女までいるじゃない」

「問題はそこです。次期王の座――『五大貴族』がそれぞれ、選定に際して関わることになるのは御存じですか？」

「王が跡継ぎを決められずに亡くなられた場合、よね――まさか」

ルーテシアは何かに気付いたように表情を硬くする。

「まだ、お亡くなりにはなっておられません。ですが、すでに世継ぎを決められる状態にはないとのこと」

「……そんな。でも、確かに……最近はお姿を見る機会が少なくなっているとは思っていたけれど」

「本来であれば、次期王となるのは第一王子――アーヴァント・リンヴルム様となるでしょう。ですが、アーヴァント様の『よくない噂』はお嬢様も知っている通りです」

「そう、ね。彼を王とするかどうか、悩んでいるという話も聞いたことがあるわ」

シュリネは知らないが、どうやら第一王子は王の器《うつわ》に欠けている、というのが二人の話を聞いていると分かる。

「ですが、第一王子の支持を表明している家が、五大貴族のうち二つ。さらに、第一王女の支持を表明している家が……現状では三つ」

「ハイレンヴェルクも王女を支持する側ね――って、それって王女の支持をしている者を殺そうってこと……!?」

「正確には、現状で当主の交代もあり、ゴタゴタ状態になるハイレンヴェルク家ならば狙いやすい――そんなところでしょうか」

淡々とした口調でハインは言い放つ。

つまり、ルーテシアが狙われている理由は、次期王を決める権利を現状持っており、彼女が生きている限り第一王女が次期王として決まってしまう——そんなところだろう。

「ハイレンヴェルク家の当主はお嬢様であり、仮にここでお嬢様がいなくなってしまえば……ハイレンヴェルクには跡継ぎはいません。没落、という扱いになり、控えている貴族のうち、アーヴァント様の側にいる貴族がその後釜に入る手筈まで整えているようです」

「何よそれ。私がいなくなれば自分が王になれる——だから、狙っているってこと……!?」

「私の知る情報を精査する限りでは、そうですね」

「だ、大体、何で貴女がそれを知っているのよ……?」

「それは——前当主より、お話を聞いておりましたので」

「……お父様から？」

「はい。『私に万が一のことがあった時、娘を頼む』——そう、仰られていました。お嬢様を狙う動きがあったことを察知し、できる限り王都から離れ、時間を稼ぐつもりでした。そのために、仕事と偽ってお嬢様にはすぐに動いていただき、安全を確保した上で全てをお話しさせていただく予定だったのですが」

刺客の動きが想定よりも早く、今の状況になってしまった、というわけだ。

「……じゃあ、私がハイレンヴェルク家の当主として、アーヴァントを支持すると宣言すれば、狙われることはなくなるのね？」

「その選択もございます。ハイレンヴェルクが第一王子の側につくという明確な意思を伝えられれば。おそらく、向こうはその可能性も考慮しているでしょう」

「……なるほどね」

すなわち、ルーテシアの降伏――命が惜しければ、降伏すればいい、というわけだ。

先ほどの状況で始末できればそれでよし、失敗しても、多くの刺客に命が狙われているということは、先ほど始末したヴェルトが言っていた通りなのだろう。

並の人間であれば、降伏の道を選ぶかもしれない。

「――まあ、私があの男を支持しないと分かっているから、刺客を送ってきているんでしょうね。私、フレアと仲いいし」

「では、お嬢様は第一王女のフレア・リンヴルム様の支持を継続する、と？」

「あの男を支持する理由もないわ、貴女なら分かっているでしょう。あんな男、支持する方がどうかしているのよ。そのために、護衛を雇ったんでしょうに。……というか、そんな大事な話、早く話しなさいよ！」

「申し訳ありません、色々と急だったので。まずはお嬢様の安全確保に動いた次第です」

結局、何故ハインがルーテシア以上に王位継承の問題に詳しいのか、その点にルーテシアが言及せず、シュリネも問わなかったためにうやむやにはなった。

ただ、ルーテシアが逃げる選択をしなかった以上は、シュリネの護衛の継続は確定だ。

「ハインの話については、理解したわ。今の状況が分かったところで、せっかくだし貴女のことも聞きたいわね」

ルーテシアがシュリネの方を見る。

この場において、二人の話の中では全く関係のない人物ではあるが――護衛の役を担うのはシュリネだ。

「ん、わたし？」

「そうよ、護衛として雇っている以上、素性くらいは教えてくれてもいいでしょ？」

「素性って言っても、別に珍しい話なんてないけどね」

「さっき、高貴な人を守る予定だった、みたいなこと言っていたじゃない」

「ああ、そのことか」

「その辺り、詳しく説明してくれたらいいわ」

「詳しくって言っても、特別なことはないって。護衛として初めての任務に就いた日――顔合わせに行ったらもう死んでいて、その罪をなすりつけられたってだけ」

「……いや、全然『だけ』で済む話じゃないわよ!?」

「つまり、あなたは罪をなすりつけられたまま、逃げてきた、と？」

「違うよ。なすりつけた奴は斬った。どうせ人斬りとしての罪を着せられたのなら、いっそ人斬りになっちゃおうと思って。だって、強い人と戦うのは好きだから」

シュリネの言葉を受けて、ルーテシアは怪訝《けげん》そうな表情を浮かべる。

ハインもまた、驚いた表情で見ていた。

「なに？　おかしいところ、ある？」

「……おかしいところしかないと思うけれど、それで生き延びてきたのなら、強い理由は分かった気がするわ」

「なら、よかった。わたしも、あなたの護衛をしていたら、強い人とたくさん戦えそうだから――ちょっと楽しみだね」

「……私は勘弁してほしいわ」

揺れる馬車の中――三人はまず、安全を確保するために動く。

こうして、命を狙われた公爵令嬢と人斬りと呼ばれた少女は契約を交わした。

＊＊＊

壊れた魔導列車の車両が停止しているすぐ傍では、何体もの遺体が並べられていた。

列車を乗っ取った者達が、貴族の護衛である少女に返り討ちにされた――それが、今のところの事実である。

そんな遺体を調べるように触れるのは、黒を基調としたスーツに身を包んだ男だ。

「……綺麗だ」

男は斬られた死体の傷を見て、小さな声で呟く。

「これほどの剣の使い手に、僕は出会ったことがない。本当は、無惨に殺された彼女の姿を見に来たというのに……嬉しい誤算とはこのことですね」

男は立ち上がると、嬉しそうな笑みを浮かべた。

そこへ、男の姿に気付いた騎士がやってくる。

「おい！　ここは立ち入り禁止だぞ！　何をしている！」

男は慌てる様子もなく、向かってくる騎士に軽く会釈をして、

「ああ、申し訳ありません。少々道に迷ってしまいまして」

そう、自然な立ち居振る舞いで言い放った。

「道に……？　この辺りは歩いてくるような場所ではないはずだが」

「途中までは馬車で来たのですよ。ですが、泥に嵌ってしまいここまで一人で」

「なら、線路沿いに戻った方がいい。魔物も出るし、危険だぞ」

騎士の助言は正しい。

だが、男はここまで魔物を斬り殺してやってきている——実際のところ、何の問題にもならない。もちろん、騎士に対してそんなことを告げるつもりもない。

「ええ、分かっていますとも。しかし、一つだけ質問を」

「なんだ」

「実は、この魔導列車の乗客に、僕の知り合いがいるはずでして。その方がどこに行かれたのか、知りたいのですよ」

「知り合い？　名前は分かるか？」

「ルーテシア・ハイレンヴェルクです」

「ルーテシア——！　ハイレンヴェルク家の御息女——いや、当主様か。彼女と知り合いということは、あなたも貴族か？」

その名を聞いた途端に、騎士の口調が変化する。

先ほどまでは横柄——とまでは言わないが、明らかに態度まで違う。

男の服装も相まって、身分の高い者と判断したのだろう。

すぐに、男は否定するように首を振る。

「いえ、僕はそのような大層な生まれではなく」

「そうか。彼女なら、魔導列車の出た駅に戻って――ん、ちょっと待て。あなたの顔、どこかで……」

「――失敬」

ヒュンッと風を切るような音と共に、騎士の首が宙を舞った。

「？」

何が起こったのか、騎士はまだ理解できていない。

最後に騎士が見たのは、男が手に持ったステッキから引き抜いた刃だ。

「僕もまだ捨てたものではないですね。いやはや、末端の騎士にまで顔を知られているとは」

帽子を目深に被り、顔を隠すようにしながら男は歩き出す。

魔導列車の向かう予定だった方とは逆。ここから移動するとしたら、一度戻って別のルートを使うだろう。

「楽しみですね……強い剣士と出会えるというのは」

男の名はエルバート・フェルター。

かつて王都で『人斬り』として名を馳せた――正真正銘の殺人鬼だ。

第二章　もう一人の人斬り

――『レヴランテの村』に、シュリネの姿はあった。

ここは王国の中でもいわゆる辺境と呼ばれる場所であり、道も途中までしか整備されておらず、馬車でやってくることはできない。

小さな村で、同時にのどかな場所であった。

この近辺には人を襲う魔物も多くは生息していないのだろう――仮にいたとしても、おそらくは村人が対抗できるレベルなのだ。

こういった人が暮らしやすい辺境地というのは、どこの大陸にも複数存在している。

「ふぁ……」

シュリネは空を見上げながら寝そべり、小さく欠伸《あくび》をした。

魔物を狩る必要がなければ、現状は仕事がない。

ルーテシアとハインは一先ずここを拠点として身を隠すつもりのようで、空き家を一つ村長から借りていた。

護衛ならば近くにいろ——そう思われるかもしれないが、シュリネならば、この村の付近に『怪しい奴』が近づいてくればすぐに気付くことができる。

そのため、今は自由時間を満喫していた。

だが、辺境地でやることと言えば、こうして昼寝するくらいのものだ。

何かしら仕事でも見つかればそれを受けるのも以前はありだったのだが、今はルーテシアと契約している。

「……そう言えば、契約金の話をまだしてなかったなぁ」

護衛をする以上、その対価は求める。

先ほどの話を聞く限り、大貴族の当主であるルーテシアなのだから、資産はそれなりにあるのだろう。

だが、金持ちだからと言って必要以上に金を取るつもりはない。

あくまで、仕事に見合った報酬をもらう——それが、シュリネの信条であった。

「こんなところで何しているのよ」

寝そべるシュリネの下へ、ちょうどいいタイミングでルーテシアがやってくる。

すぐ傍にはハインがおり、常に彼女を護衛しているようだ。

「契約金のこと考えてた」

「！　そう言えば、色々ありすぎてまだ決められてなかったわね。ごめんなさい」

「別にいいよ。一先ず、ここでのご飯代とか払ってもらえてるし」

「正式な契約書も作成しておきたいですね。書類の準備をして参りますので……」

ハインはそう言って、シュリネを見る。

ルーテシアを頼む――そう言いたいのであろう。

「敵は近くにいないから、大丈夫だよ」

「ハイン、お願い」

「承知しました。では、少々お待ちくださいませ」

ハインは書類を作りに戻っていった。

残ったルーテシアが、シュリネの隣に座る。

「静かな場所よね、ここ」

「そうだね。わたしは嫌いじゃないよ」

「私も……こういうところは好き。落ち着くし、変なことを考えずに済むから」

「変なこと？」

「仕事のこととか。貴族って結構、大変なのよ？　何もせずに生きていられるわけじゃないんだから」

「だろうね」

「こうやって、命を狙われて逃亡生活する羽目にもなっているし」

「それは自分で選んだ道じゃない？　逃げようと思えばできるよね」

「――私が逃げたら、大勢の人が苦しむことになるかもしれない。だから、逃げるのは絶対にありえない」

ルーテシアははっきりとした口調で言う。

第一王子とルーテシアの間に何があったのか分からないが、かなり嫌っているようだ。

もちろん、好き嫌いだけで支持を表明していないことも分かる。

おそらく、第一王子が王になると、この国の不利益になるということなのだろう。

それを阻止するために、ルーテシアは生き延びなければならないのだ。

「わたしはあなたみたいな人、嫌いじゃないよ」

「え？」

「わたしはね、初めから逃げる人とは戦わないことにしてる。やる気のない相手と戦ったって、結局後味が悪くなるから」

「……私は貴女みたいなのに追われたら逃げるわよ？　今だって命を狙われて逃げているのだし」

「勝てない相手から逃げるのは当然だよ。でも、あなたはただ逃げてるわけじゃない。だから、嫌いじゃない」

「それは、褒め言葉として受け取っていいのかしら？」

「わたしは褒めてるつもりだよ」

「……そう、ならいいわ」

初めて二人きりで話をして、なんとなくルーテシアという人がシュリネにも理解できた。

彼女は正しいと思ったことをする人間だ――それを高貴な人というのだと、シュリネは考える。

（こんな形で、わたしの力が役立つ日が来るなんてなぁ）

そう、空を見上げながら思うのだった。

＊＊＊

契約書にサインをして、正式にシュリネはルーテシアの護衛となった。

契約金については後払いとなるが、先ほどの魔導列車の護衛については、きちんと料金を支払ってもらっている。

ある程度の手持ちはあるようで、シュリネも特に不満はなかった。

シュリネは村で唯一、加工技術を持っている工房を訪れていた。

ここでは主に農業に使う道具を作っているようで、老人とその孫と思われる若い男がいる。

シュリネが持ってきたのは、折れた刀だ。

「これ、どうにか直せないかな?」

「こいつぁ――刀か。さすがにこういうのは技術がいるぜ。爺さん！　昔に剣とか作ってたって言ってたよな?」

「……ああ」

カンッ、と金属を叩く音を響かせながら、その手を止めることはない。

「いったん手を止めて、見てやってくれよ！」

「……ちょっと待ってろ」

「――ったく、悪いね。爺さん、仕事中に別のことはできない性質《たち》でさ」

「いいよ。わたしは依頼してる立場だしね。あなたは剣を作ってないの?」

「オレは農具とか、そっちが専門でね。爺さんも今は武器は作ってないんだ」

「そうなんだ。待たせてもらってもいい?」

「ああ、もちろんさ」

シュリネはしばし工房に留《とど》まり、老人が作業を終えるのを待った。

響き渡る金属音を聞きながら、作業を眺めること一時間――ようやく、老人がシュリネの刀を手に取った。

「……東の国の武器か」

「うん、これを直せないかなって」

「刀はこっちでは珍しくはあるが、わしなら直せる」

「！　本当？」

「ああ。無論、完全な形にするのはどうあれ難しい。刀というのは、それだけ繊細な武器だからな」

「大丈夫だよ、使えるようにさえなればいいから」

これは運がよかった、とシュリネは喜ぶ。

刀の扱いは難しく、下手をすればこの地方では直せないのではないかと思っていた。

老人はしばし刀を見据えたあと、シュリネを睨むようにして問いかける。

「……それで、この刀で何人殺した？」

「え？」

「何人殺したかって、聞いてんだ」

「具体的な数なんて、覚えてないけど。それがどうかしたの？」

「わしはな、もう人を殺す武器を作るつもりはないし、直すつもりもない」

老人は途端に険しい表情を見せ、刀を近くの机へと置いた。

「ええ!?　一本くらいやってくれてもいいでしょ？」

「……ダメだ。他を当たってくれ」

「他がないから頼んでるのに！」

シュリネは抗議するが、仕事を受けるか受けないかは工房が決めることだ。

老人はすぐに作業に戻ってしまい、取り付く島もない。

「せっかく待ってたのになぁ」

「悪りぃな、爺さんの説得はオレがしてみるから、こいつは預かってもいいか？」

若い男の方は抵抗がないようで、本当に申し訳なさそうに言う。

おそらく期待はできないだろうが、折れた刀を持っていても仕方ない。

「分かった。ここにいる間は預けておくよ」

シュリネはそう答えて、工房をあとにする。

――金はあっても、直してくれる人がいなければ仕方ない。

武器がなくても守ることはできるが、シュリネにとって魔法は切り札の一つだ。

最初から使っていては、相手によっては魔力切れを起こしてしまう。

せめて、他に武器になるものがあればいいが――ここではあまり期待できそうにない。

「……まあ、何とかなるといいな」

シュリネはポツリと呟きながら、空を見据えた。

遠くからだんだんと雨雲が近づいており、ゴロゴロと雷の音が聞こえてくる。

しばらくはここに滞在する予定のはずだが、武器もない状態で護衛を続けなければならなかった。

＊＊＊

――それから数日、村に留まったルーテシアとハインは、村の農業の手伝いをしていた。

またある時は、村人が困っていることを聞き、その対応策を一緒に考えるなど、ほんの数日足らずですっかり村に溶け込んでいる。

さすがは大貴族というべきか、ルーテシアは人に好かれるカリスマ性を持っているらしい。

身を隠している現状でも、何かせずにはいられない性質といったところか。

そんなルーテシアに付き従っているハインも、何でもできる万能型、という感じで、常に彼女を傍で支えている。

一方、シュリネはというと――村の近くの川で釣りをしていた。

すぐ近くでは子供達が遊んでいて、先ほどまでシュリネも一緒に川遊びをしてびしょ濡れになっている。

木剣を使った遊びでは、シュリネは子供達に文字通り『無双』してみせた。

子供の遊びに本気を出すな、と言う者もいるだろうが、こういった田舎では逆――シュリネの動きは純粋に子供達の憧れとなり、あっという間に打ち解けることに成功する。

「――意外ですね」

そこへやってきたのは、ハインだった。

小さなカゴを手にして、中にはいくつかの植物や果物が入っている。

村の人に頼まれて、この近くまでやってきた、というところか。

「何が？」

「あなたのような人が、子供達と打ち解けていることです」

「それって褒めてる？」

「意外な面がある、という話をしています」

「わたしだって、これくらいはね」

「子供達が楽しんでいるのなら、何よりです」

ハインはそう言って、優しげな表情を浮かべて、遊ぶ子供達を見ていた。

むしろ、シュリネからすればハインの方が意外に見える。

「あなたこそ、どうしてルーテシアの護衛をしているの？」

「どうして、とはどういう意味でしょうか。私は幼い頃からお嬢様に仕える身です。おかしなところなどないでしょう」

「ふぅん……。なら聞くけど、わたしに護衛を頼んだ時さ――あなた一人でも、切り抜けられたよね？」

「――」

シュリネの問いかけを受けて、ハインの表情は途端に鋭くなった。

殺気にも近い表情を向けられ、シュリネは肩を竦《すく》める。

「別に、言いたくないならいいよ」

「何故、私が一人でも切り抜けられると思ったんですか？」

「そんなの、動きとか見てれば分かるよ。あなたはどちらかと言えば……暗殺者っぽいけど」

「……そうですか。やはり、あなたは鋭いですね」

それは、もはや正解と言っているようなものだ。

ハインはルーテシアの護衛で、付き人で――同時に暗殺者でもあるのだ。

むしろ、本業は暗殺なのではないか、とシュリネは推察する。

そんな彼女が、ルーテシアの護衛として常に傍にいるという状況には、少し違和感がある。

「……と言っても、別に特別な理由はありません。私はお嬢様に仕える身――それ以上でも、それ以下でもありませんので」

「そっか。まあ、理由を聞きたいわけじゃないからさ」

「私からも一つ。武器の方は調達できてないようですが、護衛は大丈夫なのですか？」

「ああ、一応それらしいものは一つあるよ」

シュリネはそう言って、自身の横に置いてある物を見せる。

「……鉈《なた》、ですか」

「まあ、こんなのでも魔導列車で襲ってきた奴らくらいなら十分にやれるからね。ないよりはマシだよ」

「武器は、この村にはありませんでしたか」

「余ってはいないみたい。最悪、適当な剣でもよかったんだけど……中々難しいね」

シュリネの今の武器は、鉈が一本だけ。

持っていた刀は魔力を通しやすくする加工がされていたが、農具にはそういう加工は基本的に施されない。

「あなたの強さは分かっているつもりです。一応、頼りにはしたいので――刀の修理については、私からも言ってみます」

「そうしてくれると助かるよ。一応、毎日行ってるんだけどね」

断られてからも定期的に工房には顔を出しているが、中々直すとは言ってくれなかった。

鉈はそこで購入したものだが、「武器には使うなよ」と念押しもされてしまっている。

――シュリネは使うつもりだが。

「ま、もう一週間経っても誰も来てないし、大丈夫なんじゃないかな?」

「楽観視はしないでください。あなたは護衛なんですから」

「もちろん、ルーテシアを狙う奴が来たら戦うよ。それがわたしの仕事だからね――おっ、きたっ！」

シュリネの竿にようやくヒットし、思い切り引く――大きな川魚が釣れて、シュリネは

すぐにその場で処理を始めた。

「……本当に、大丈夫なんでしょうか」

ハインはそんなシュリネを見ながら、溜め息を吐く。――それからしばらくして、一人の旅の男が村を訪れた。

＊＊＊

「いやぁ、ここの近くまで馬車で来ていたのですが、途中で魔物に襲われてしまいまして……何とかここまで逃げてきた次第です」

「それは大変だったでしょう。何もない村ですが、ゆっくりしていってください」

「助かります。迎えは数日中には来る予定ですので」

――そんな会話をしているのは、村長と紳士服に身を包んだ男性だ。

リッド、と名乗った男性は、馬車でここことは違う場所に向かう途中だったが、魔物に襲われて何とかここまで辿り着いたと言う。

村長の自宅の裏で、会話を盗み聞きしているのはルーテシアの付き人であるハインとシュリネだ。

「どう思いますか？」

「うーん、このタイミングでやってくるってことは、刺客の可能性が高いとは思ったけど……微妙だね」

「微妙、とは」

「言葉のままの意味だよ。言っちゃえば、自分を偽って近づく必要なんてないから」

「？　暗殺ならば、正体を隠して近づくのは基本なのでは」

首を傾げるようにして、ハインは言った。

「暗殺の基本かどうかは知らないけど、こんな辺境地で正体を偽る必要がないってだけ。わざわざ自分がいることを悟らせるより、悟らせないで夜中にでも奇襲かけた方が楽でしょ？」

「時と場合によりますが、それは同意見ですね」

「明らかに怪しい風貌で、いかにも自分が刺客だ——そう言ってるみたいで、どう判断したものかなって」

リッドの言う通りの出来事があったのか、それともよほどの自信家なのか——後者だとすれば、おそらく敵はかなりの実力者、ということになる。

シュリネとしては歓迎すべきところなのだろうが、生憎《あいにく》と今はまともな武器が手元にない。

相手が仕掛けてこないのなら現状は様子見、といったところだろう。

「ま、どうあれルーテシアには近づけない方がいいし、近づかせない方がいいと思うよ」

「心得ています。あなたは――」

「監視しろ、でしょ。そのつもりだよ」

シュリネの言葉を聞いて、ハインはすぐに動き出した。

彼女には常にルーテシアの傍にいてもらい、シュリネはリッドを警戒する。

今のところ、リッドがシュリネに気付いた様子もない。

わざとそうしているのか――やはり判断は難しいが、仮に敵だった場合にはやることは簡単だ。

ルーテシアを守るために刺客は斬って殺す、それだけだ。

リッドは村にある空き家を一つ借りて、しばらくはそこに滞在するらしい。

魔物に襲われた、という割には身なりは綺麗で、とても彼が言うように逃げてきた、というようには見えない。

歩き方や所作を見る限りでは、やはり素人ではないようだ。

シュリネはそんなリッドの動きを見て、一つの答えに辿り着く。

「――もしかすると、誘っている？」

刺客でありながら、リッドという男はどうやら、仕掛けられることを望んでいるように思えた。

それならば、わざわざ分かりやすく姿を現したのも納得がいく。

だが、どういう意図でそれをしているのか、シュリネにはそれが理解できなかった。

（こういう手合いは初めてだし……さて、どうしたもんかな。とりあえず、雇用主に相談するしかないか）

ルーテシアとハインの意見も聞いてみる、それがシュリネの出した答えだ。

一先ず、シュリネはリッドの傍を離れて、二人の下へと向かった。


「――結論から言うと、リッドって男はルーテシアを狙った刺客だと思う。どうしてあんなに分かりやすく来たのかは分からないけど」

シュリネは戻ってすぐに、ルーテシアとハインの二人に報告した。

ハインは納得するように頷くが、ルーテシアは怪訝そうな表情を浮かべる。

「リッドって、さっき村長さんの家に行ったっていう男の人？」

「そう、その人。十中八九、あなたの命を狙ってる」

「改めてそう言われると、なんていうか言葉も出ないわ……」

命を狙われている――ルーテシアの状況は、言うなれば普通ではない。

こうして辺境の村にすら、追手はやってくるのだ。

「先ほど話したばかりだというのに、意外と早く結論づけましたね？　根拠はあるのですか？」

「うーん、やっぱり動きとか見てると、素人ではないのは確かなんだよね。でも、普通の刺客ならやっぱり、わたしなら分かるはずなんだけど」

「分かるって、どういう意味よ？」

「要するに――人殺しなら、何となく雰囲気で分かるってこと。わたしも同じだからね」

「あなたは、人殺しではないでしょう？」

ルーテシアがシュリネの言葉を否定する。

だが、シュリネは反論するように首を横に振った。

「わたしは人殺しだよ。仕事とか、そういうのは関係ない。だからこそ、分かるって話」

「けれど、あの男からはそういった気配はない、ということですね？」

「うん。正直、見たことないタイプだね。――で、相談。刺客だという前提をもって、どうするかって話」

「どうするって言われても……」

　ルーテシアは少し困惑した表情を見せた。

　確かに、聞かれても困る話ではあるだろうが、シュリネだけの判断で行動するわけにもいかない。

「お嬢様、ここは手出しをせずに早めにここを離れるべきです」

「相手が私を狙う刺客なら、何人も人を殺している可能性があるでしょう。そんな人を、この村に残していくのは危険じゃないかしら……」

「狙いがルーテシアなら追ってくるとは思うけど、こうしてすぐ近くにいてもやって来ないところが何とも言えないんだよね」

　ルーテシアは顎に手を当てて考える。彼女が出した答えは、

「……直接行ってみるしかなさそうね」

　おおよそ、慎重とは言えないものであった。

「！　お嬢様、それは――」

「やめろって言うんでしょ？　でも、相手の真意が分からないのなら、本人に聞くのが一番手っ取り早いじゃない。シュリネはどう？」

「ルーテシアが行くなら、わたしは守るだけだからね。反対はしないよ」

「決まりね。リッドのところに行ってみましょう。彼、まだ借りた家にいるんでしょう?」

「おそらくね」

「……シュリネさん、あなたはその武器とも言えないようなもので、本当に刺客と戦えるのですか?」

ハインが少し睨むようにしながら尋ねた。

彼女が怒るのも無理はないだろう――自ら危険を冒すような真似をルーテシアがしようとしているのに、護衛であるはずのシュリネが止めなかったのだから。

しかし、シュリネにとっての護衛はあくまで対象がやりたいことがあるのなら、それに付き従うものだと考えている。

だから、全ての判断をルーテシアに任せたのだ。

「仕事だからね。武器があろうとなかろうと、ルーテシアは必ず守るよ」

「頼もしいわね。早速、行きましょう」

おそらく刺客と思われる男――リッドの下へ、狙われているはずのルーテシアが直接向かうこととなった。

リッドの真意を、確かめるためだ。

＊＊＊

「――ええ、その通りですよ。僕はルーテシア・ハイレンヴェルクを殺す依頼を受けた刺客です」

リッドの下へ行くと、簡単に口を割った。

彼は椅子に腰掛けながら、優雅に茶を啜《すす》っている。すぐに反応したのはハインで、ルーテシアの前に出るような動きを見せた。

「いやはや、こんなに早く来てくれるとは」

「……私を狙っているのなら、どうしてこんな回りくどいことをしているわけ？」

ルーテシアはというと、さすがに本人が『乗り込む』と決めただけあって、毅然とした態度だ。

リッドの下を訪れ、招き入れられてすぐに問いかけた際の返答が、今の『自白』である。

「あなたについている人間が何人いるか把握するためですが？　まあ、周辺の気配から察するに、あなた達三人だけで終わりのようですが」

ちらり、とリッドはシュリネに視線を向ける。

やはり、この男からは殺気らしい殺気は感じられない――だが、腕が立つのは間違いない。

「それともう一つ、依頼人から。あなたが降伏するのなら、殺さずに連れてくるようにとも命じられています。故に、すぐに襲い掛かるようなことはしませんでした」

「！　降伏ですって……？」

最初の刺客は、確実にルーテシアの命を狙ったもの。

二人目は、降伏勧告をしてきた――つまり、暗殺に失敗しても、『ここから先ずっと命を狙われる生活を送りたいか』という警告の意味があるのだろう。

成功すれば御の字、失敗しても揺さぶりをかけるために、この男を送ってきたのだ。

そして、こんな依頼を受け入れるリッドという男は、かなりの自信家らしい。

「ああ、返答は三日程度、ここで待ちますから。ご安心を――」

「しないわよ、降伏なんて」

「！　ほう……？」

ルーテシアの答えは早く、はっきりとした口調で言い放つ。

「戻って依頼主に伝えなさい。『貴方《あなた》みたいな人は王に相応《ふさわ》しくない』ってね」

依頼人のことなど全く話していないが、おそらく予想している通りなのだろう。

ルーテシアの言葉を聞いて、リッドはくつくつと笑う。

「やはり、君はいい女性だ。殺し甲斐があるというものですねぇ――母親にそっくりだ」

「……は？」

それまで冷静だったルーテシアだが、リッドの言葉を聞いて表情が一変する。

「貴方……今、なんて？」

「母親にそっくりだと言ったんですよ。僕が唯一、殺し損ねた相手ですから。いやぁ、思い出しただけでも楽しくなりますねぇ。あの時の『戦い』は」

ルーテシアだけでなく、ハインも驚きの表情を浮かべていた。

すぐにハインが口を開く。

「あなたがどうして、お嬢様の母君のことを御存じなのか分かりません。ですが――」

「……母は病気で亡くなった。急に体調を悪くして……でも」

ルーテシアは何かを思い出すように、言う。

「身体に、包帯を巻いていたわ」

「ああ、僕のつけた傷、ちゃんと致命傷になったんですね。それはよか――」

最初に動いたのはルーテシアだった。

思い切り拳を振り上げて、リッドへと向かっていく。

おおよそ、令嬢と呼ばれる彼女のするべき行動ではない。

すぐにリッドは反応して、テーブルに立てかけてあったステッキを手に持つと、そこから刃を抜き放ってルーテシアの首を刎ねようとする――それを防いだのは、シュリネだ。

シュリネがルーテシアの首元ギリギリで刃は止まっている。

ルーテシアの前に飛び出し、身を挺《てい》して庇ったからだ。

「シュリネ……!?」

ルーテシアが驚きの声を上げた。

シュリネは左肩を刃で貫かれ、さらに手でその刃を握っている。下手に動けば、切断させられてしまう状況だ。

だが、シュリネは痛がるような素振《そぶ》りも見せず、

「ここで飛び出すのはさ、さすがに命を捨てるようなもんだよ？」

呆れたような表情を浮かべ、ルーテシアを横目で見る。

リッドは楽しそうな笑みを浮かべた。

「ああ、やはり君ですか。魔導列車であの綺麗な死体を作ったのは」

綺麗な死体――魔導列車というと、シュリネが始末した刺客のことだろう。

「綺麗かどうかは知らないけど、殺したのはわたしだね」

「これで楽しみが二つになりました。ルーテシアを殺すことと――あなたと戦えることです」

ずるりと、リッドはシュリネの肩から刃を抜いた。

シュリネは怪訝そうな表情を浮かべて、問いかける。

「余裕のつもり？　今の、剣を動かせばわたしの指の一、二本は持っていけたでしょ」

「せっかく強者と戦うのにこれ以上、戦いの場でないところで傷をつけるのはもったいない。すでに、大きなハンデを背負っているではありませんか」

リッドの指摘は間違っていない。

肩の傷は、すでにシュリネの左腕が上がらないほどに深刻だ。

身体を張って止めたのは、今のシュリネの持つ鉈では、この男の剣を止めきれないと判断したから。

リッドは立ち上がると、仰々《ぎょうぎょう》しい動きで頭を下げる。

「では、改めて自己紹介を。僕の名はエルバート・フェルター。そこのお二人は、よく御存じの名前では？」

「エルバート――王都で名を馳せた、人斬りですね……。すでに死んだものと思っていましたが」

ハインが険しい表情を見せる。

リッド――エルバートはどうやら、この国では有名らしい――それも、『人斬り』として、だ。

「偽ることには慣れていまして。こんな辺境でも、名乗るとすぐに正体がバレてしまいますから。それにしても、久々にこの国に戻ってきて、楽しめそうでよかったですよ」

エルバートは、剣を構える。

シュリネもまた、腰に下げた鉈に触れた。

「シュリネ……私は……っ」

後ろに控えていたルーテシアが、悲痛そうな表情を浮かべて言葉を詰まらせる。

自分のせいで、そう言いたいのだろう。

――はっきり言えば、彼女のせいではない。

護衛としての役目を果たしただけであり、エルバートの言葉を聞けば、ルーテシアが感情的になるのも仕方のないことだ。

今は、目の前の男に集中しなければならない。だが、

「事情は分からないし、あなたの母親とか、この人とどういう関係かなんて興味ない。でも」

「……？」

「ルーテシアはどうしたい？　こいつを」

シュリネは問う。

エルバートの言うことが本当かなんて、確かめようがない――けれど、ルーテシアにとって、彼が母親の仇《かたき》なのだとしたら。

「……お願い、そいつを斬って」

「引き受けた」

シュリネが構えて、戦いは始まった。

――シュリネは近くにあったテーブルを、エルバートに向かって蹴り上げる。

グルグルと回転したテーブルは、エルバートの眼前で簡単に切断された。

この隙に、腰に下げた鉈を手に持ってエルバートに斬りかかるが、すぐに反応されてしまう。

後方へと下がり、エルバートとの距離を取った。

「ハイン！」

「言われなくとも……！」

シュリネがハインの名を呼ぶと、すぐに彼女はルーテシアを連れて部屋から出ていく。

これでまずは一対一——しかし、状況はかなり不利と言わざるを得なかった。

今、シュリネの持っている鉈は普通の農具であり、魔力の通りが悪い。

おそらく、エルバートとまともに斬り合えば、簡単に鉈ごと切断されてしまう可能性が高かった。

つまり、現状は回避に徹しながら、どうにか隙を見て斬るしかないのだ。

左腕も満足に使えない、という点も考えると、シュリネにとっては人生において初めての危機とも言える。

「少し残念ですね」

「何が？」

「あなたの怪我、それに武器——およそ、万全には程遠いはず。だというのに、あなたは引き下がる様子を見せない」

「雇用主が望んだからね、あなたを斬ることを」

「僕は別に、仕切り直しでも構わないんですよ。本気のあなたと戦ってみたい——そういう気持ちもありますから」

「黙って待っててくれるってこと？」

「幸い、この村でも暇つぶしはできそうですし」

「暇つぶし？」

「もちろん――僕は人を斬るのが趣味ですから」

シュリネの用意が完了するまで、適当に村の人間を斬る――そんな風に言っているのだろう。

ならば、なおさら引き下がるわけにはいかない。

「……あなた、正真正銘の人殺しだね。違和感の正体はこれだ」

「？　どういう意味です？」

「言葉のままの意味だよ。人を殺すことに一切の罪悪感がない――当たり前のことだと思ってる。だから、殺気もほとんどないし、ここに来た時も刺客かどうか判断できなかった」

「ああ、それはそうかもしれませんね。僕にとって、人を斬るのは趣味であり、当たり前の生活の一部ですから。朝、起きてすぐに顔を洗うのと同じ。人を斬って、その日の調子を確かめるなんていうのは、ざらにあることです」

――シュリネから見ても、エルバートは異常者だ。

この男を放っておけば、何をしでかすか分からない。確実に、ここで斬っておかなければならない相手だ。

シュリネは鉈を構えて、身を低くした。

「引き下がりませんか……残念です」

「心配しなくていいよ。あなたは望み通り、わたしが斬ってあげるから」

ほとんど同時に、二人が動いた。

エルバートが剣を振るうと、シュリネはステップを踏むようにして回避に徹する。

鍔迫《つばぜ》り合《あ》いになれば、十中八九シュリネは負ける。

まずは、様子見で一撃――魔法で作った刃を放つ。

だが、エルバートはそれを簡単に防いで見せた。

やはり、刃に魔力を通しているのだろう――以前に襲ってきた刺客とは違い、エルバートの強さは本物だ。

距離を取っての魔法は防がれ、近づいての斬り合いも難しい。

(打つ手がないね)

シュリネはすぐに、結論を出した。

このまま斬り合えば、いずれはジリ貧となって負ける――いかにシュリネが強くても、負った怪我は浅くはなく、まともな武器のない状況での勝利は難しい。

そんな状況下でも、シュリネは後退しようとは微塵も考えなかった。

現状、勝機がないだけだ。ないのなら、戦いの中で作り出せばいい。

待つのもまた、戦いの一つだ――斬りかかってきたエルバートから距離を取ると、シュリネは窓を突き破って外に飛び出した。

すぐにエルバートもその後を追いかけてくる。

少し遠くに、ルーテシアとハインの姿が見えた。

だが、シュリネは二人の下へは向かわずに、人気《ひとけ》のない森の方へと駆けていく。

「おや、逃げる気ですか？」

「場所を変えるよ。本気でやり合いたいんでしょ？」

「……ふふっ、中々魅力的なお誘いですね。いいでしょう、ここは乗っておきます」

シュリネの後を追うようにして、エルバートも走り出した。

できる限り広い場所で、かつエルバートの視界を遮るものが多い森の中――隙を作るとすれば、そこしかない。

森の中まで足を踏み入れたところで、シュリネは一度動きを止めた。

遅れることなくエルバートも追いつき、再び剣を構える。

「ここなら存分にやり合える――そういうことですね？」

「うん、そういうこと」

存分に、という言葉には完全に同意はできないが。

開けた場所で戦えば、おそらくエルバートの隙を突くことはできない。

唯一、視界を遮る木々が多いここなら、まだ可能性がある——

「では、ここから僕も本気で行くとしますか」

「っ！」

瞬間、エルバートがシュリネとの距離を詰めた。

咄嗟に鉈で防ぎそうになるが、確実に両断される——シュリネは後方へと跳び、背後にあった大木をそのまま駆け上がる。

エルバートがそのまま剣を振るうと、魔力を帯びた斬撃が目に見えるように飛翔して、周囲の木々を切断した。

シュリネが駆け上がった大木も例外ではなく、揺れる足場から跳躍して、森の奥の方へと姿を隠す。

「今度はかくれんぼですか？　僕は君と斬り合いたいのですが」

（斬り合いたいって言われてもね）

シュリネも剣術には自信があるし、刀があればわざわざエルバートと距離を取るような戦い方はしない。

だが、戦う道を選んだ以上は、武器がないのは言い訳にしかならない。

今の状況で、勝つためにやれることをするだけだ。

森の中を駆けながら、シュリネは二回、魔法を放つ。

音もなく、視認することもできない代わりに大木を切断するような威力のない、魔力の刃だ。

「魔刀術――《静風》」

だが、人に当たればその命を奪う程度には十分。問題は『当たれば』という点だ。

「器用ですね。この木々の合間を縫うようにして、僕に直接仕掛けてくるとは。やはり、君は強い」

「ちっ」

エルバートには小手先の技は通じない。

シュリネの体内に宿す魔力は常人より低く――それを補うために編み出した魔法が、魔刀術である。魔力を極薄の刃のようにし、飛ばすというシンプルなものが多いが、その中でも形状を変えることで、いくつか技に種類を持たせている。

以前使った《水切》はシンプルに目の前にいる敵を斬るのに使え、《静風》は離れた相手に有効だ。

他にも、魔力をかなり消費するがエルバートを仕留めるだけの威力のある魔法も扱えるが――仮に外せば、今度こそ打つ手はなくなってしまう。

(斬り合うのが一番、楽ではあるんだけど……それができないのは困ったものだね)

いっそ、どこかに武器でも落ちていないか――なんて、下手な考えすら浮かんでくる。

「あまり遠くには逃げないでくださいよ」

「！」

エルバートが正面から姿を現した。

ステッキに仕込んであった剣が彼の得物なのだろうが、細い刃であっても魔力を十分に浸透できる加工さえしてあれば、サイズなど関係ない。

エルバートがそれを振るえば、大地すら裂く威力を持つ。

咄嗟に右に飛んで避けるが、すぐにエルバートが追撃を加えるように薙ぎ払う。

身を屈めると、背後にあった木々が次々と両断されていった。

シュリネはそのまま、エルバートへと向かっていく。

「ほう」

少し感心したように、エルバートは声を漏らす。

剣を振り上げたのを見て、シュリネは動きを加速させた。

互いに一撃――エルバートの脇腹を掠め、シュリネは足に一撃を受ける。

「っ」

地面を滑るようにしながら、何とかバランスを保ってエルバートと向き合った。

「さて、これでもう逃げられませんよ？」

「なんか勘違いしてるみたいだから言っておくけど、別にわたしは逃げてないから」

「おっと、これは失礼。確かに、わずかな隙を突いて真正面から向かってくるなど――逃げの発想ではありません。実際、こうして一撃を受けてしまったわけですし」

じわりと、エルバートの脇腹には出血が見られた。

一方、シュリネの方が傷は深く――エルバートから距離を取り続けるのは、難しい状況になる。

「少しの間ですが、楽しませていただきましたよ」

「もう勝ったつもりなんだ？　この前の人もそうだけど、自信過剰な人が多いね」

「もはや、あなたに打つ手はない――それは、あなた自身がよく理解しているはずです。気がかりなのは、君が万全ではなかったことですが……わざわざこちらが用意したチャンスすら無下にするような小娘では、どうあれこれ以上、楽しめそうにはないので」

「……言ってくれるね」

——とはいえ、エルバートの言葉に間違いはない。

打つ手はないし、エルバートの提案を受け入れなかったのはシュリネの方だ。

だが、シュリネはわざわざ負けるために——エルバートの提案を受け入れたわけではない。

(ここで死ぬのなら、わたしはそれまでの人間だったってことだからね)

結果はどうあれ、決着はすぐそこまで迫っていた。

＊＊＊

——ルーテシアの母が体調を崩して寝込むようになったのは、まだルーテシアが幼い頃だった。

元々、王国の騎士として活躍していた母は、優れた剣術に魔法の才を持ち、若くして騎士隊長も務めたことのあるほどの人だ。

貴族であった父に見初《みそ》められてからは、騎士としての活動は減っていたが、それでも王都の見回りなど、それこそ母がしなくてもいいような仕事に従事している。

——今にして思えば突然、満足に部屋から出ることもできなくなる状態になってしまった母は、大怪我を負っていたのだろう。

「母様……いつになったら、よくなるの？」

幼いルーテシアは、純粋に母が快方へ向かうと信じていた。

誰だって、体調を崩すことくらいある——母も、そんなルーテシアに対して、自らの身体のことを話すことはなく、

「そうね。もう少ししたら、よくなると思うから」

そうやって、はぐらかすように答える以外はしなかった。

母の寝間着の下に、何故だか包帯が巻かれていたのを、ルーテシアは疑問に思いこそすれ、問いかけることはしなかった。

——だって、母が「よくなる」と言ったのだから。

「じゃあ、母様の体調がよくなったら、剣術を教えてくれる？」

「そうね、ルーテシアは剣術を覚えてどうしたいの？」

「え？」

不意に問われ、ルーテシアは首を傾げた。

別に、剣術を覚えてどうしたいか——考えたこともない。

母が優れた剣術を身に着けているから、自然と教えてもらえるものだと思っていたし、

すでに何度か習っているからだ。

「たとえば、騎士になりたい——そんな願いでもいいの」

「騎士……かっこいいと思うけど、分かんない」

ルーテシアもまだ子供だ。

母の言いたいことがよく分からずに戸惑ってしまう。

すると、ルーテシアを優しく抱き寄せて、

「私がね、ルーテシアの夢の話を聞きたいの。だから、剣術に限らずにしたいこと、教えてくれる?」

「したいこと……」

ルーテシアは母に問われ、考え込んだ。

そうして、彼女が出した答えは——

＊＊＊

シュリネとエルバートが森の方へと姿を消した後、残されたルーテシアはただ、その場に立ち尽くすことしかできなかった。

「シュリネ……」

一歩、ルーテシアが森の方へと進んだところで、その腕をハインが掴む。

「お嬢様、今のうちに」

「……今のうち？」

「彼女が足止めをしてくれているうちに、私達は身を隠すんです。最悪、この村から出る準備をしなければ」

「！　馬鹿を言わないで！　シュリネを見捨てろって言うの!?　あの子、まともな武器だって――」

「何のための護衛だと思っているのですか。元より、彼女はお嬢様の身を守るため、金で雇った護衛にすぎないことをお忘れなきように」

「……っ」

ルーテシアは言葉を詰まらせる。

ハインの言う通り、シュリネは金で雇っただけの存在――そう言われてしまえば、それまでだ。けれど、

「私が……一緒に来てって、言えばそれでよかったのよ。なのに、感情に任せて……シュリネに願ってしまった」

「あの男が、本当に見逃すとお思いですか？　本物の殺人鬼ですよ」

ルーテシアですら、エルバートのことは知っている。

幼少期にその名はよく聞いた――王都で一番の人斬りとして、その名は誰もが知っているほどだ。

そんな男が生きていて、シュリネの前に現れて、命を狙っている。

並の人間であれば、恐怖で足がすくみ、すぐにでも逃げ出そうとするだろう。

――だが、ルーテシアは違う。

「だったら、なおさら逃げられないじゃない。あいつを放っておけば、この村の人に手を出さないとも限らないのよ？」

「私の役目は、お嬢様を守ることだけです」

「なによ、それ。ここの人達がどうなってもいいって言っているわけ!?」

「――お、おいおい、大声出してどうしたんだよ？」

言い合いをするルーテシアとハインの下へ、一人の男がやってくる。

ルーテシアとハインも、村にいる間に何度か訪れた、工房にいる若い男であった。

「貴方は――どうしてここに？」

「シュリネって子に用があって向かうところだったんだが、すげえ音がしてよ。来てみたらあんた達が言い合いしてたからさ……」

「シュリネに……？」

ルーテシアが視線を下ろすと、男の手には鞘に納まった刀が握られていた。

「！　それは……！」

「ん？　ああ、こいつを届けようと思ってね」

「まさか、直してくださったのですか？」

ハインが問いかけると、男は頷いて答える。

「爺さんのところさ、よく子供達が遊びに来るんだよ。そこで、シュリネの話をよく聞くらしくてさ。初めは『人を殺す武器は直さない』とか言ってたくせに……。まあ、人となりが分からないとってことだな」

シュリネは子供達と打ち解けていた――ルーテシアやハインが頼むより、村の子達の声の方が届いた、ということだろう。

確かに、彼女は人を殺している。それは、ルーテシアも目にした通りだ。

だが、魔導列車ではルーテシア以外の乗客を守るように動いてもいる。

少なくとも、シュリネは先ほどの男のような人斬りとは違うのだ。

「それ！　私が引き取るわ！」

「お、おう。よろしく頼むぜ。爺さん、最初に断った手前か、金はいらねえって言ってたからよ」

「ありがとう――」

「お嬢様、お待ちを」

すぐに駆け出そうとするルーテシアを、再びハインが制止した。

だが、彼女の手を振り切って、ルーテシアは走る。

「お嬢様！」

ハインの言っていることは正しいし、分かっている。

シュリネはただの護衛であり、先ほどシュリネにも注意されたばかりだ。

今から二人が戦っている場所に向かって、ルーテシアが殺されてしまう可能性だってある。

それでも、動かずにはいられなかった。

――だって、シュリネはルーテシアの願いを聞き入れて戦っているのだから。

「私が……届けなきゃ……！」

シュリネの刀を強く握りしめ、ルーテシアは森へと姿を消した。

＊＊＊

――なんだ、こいつは。

エルバートは内心、焦っていた。

最初に与えた傷は、決して浅いものではない。

刃で左肩を貫かれた彼女は、間違いなく痛みで戦いに集中できる状態にないはずだ。

武器はまともになく、足には先ほど深手を負わせた。

もはや、決着はついている――にもかかわらず、エルバートはまだシュリネと戦っている。

刃を振るえば、確かに彼女には当たっている。

だが、ギリギリのところでかわし、鮮血を散らしながらも、エルバートの命を奪うために踏み込んでくるのだ。

(これほどとは……予想外ですね)

エルバートからしてみれば、この戦いはすでに勝ったも同然――さっさとシュリネを斬り殺して、本命であるルーテシアを斬り殺したいと思っている。

このままシュリネに時間を稼がれては、逃げられる可能性だって高くなってしまう。

そうなれば、別の刺客にルーテシアを殺されてしまう――それが一番、我慢のならないことであった。

「いい加減、諦めてほしいものですね……！　もはや限界でしょう……!?」

「あなたを斬ったらね」

シュリネが鉈を振り上げ、エルバートもそれに呼応するように剣を振るう。

わずかに鉈の先端を捉え、鉈の刀身が短くなる。

だが、シュリネは動きを止めることなく、そのまま振り切った。

「……ちっ」

エルバートが初めて、後方へと下がる。

シュリネは追撃をしてくることはなく、その場で動きを止めた。

「……ふっ、ふぅ」

肩で呼吸をしている――出血も、激しい動きのためか、シュリネの服は赤く染まり始めていた。足取りも少し、ふらついているように見える。

このまま、まともに戦うより、少しでも時間を稼いで血を失わさせる方がいいと、エルバートは考えた。

「……手負いの獣とは恐ろしいものですね。ここまでやるとは」

「人を獣扱いしないでくれる？」

「獣そのものでしょう。動きといい、まともに防ぐ手立てはないはずなのに、向かってくるのは……実に恐ろしい」

「――今のは、本当っぽいね」

「……なに？」

シュリネが息を大きく吐き出すと、ゆっくりと構える。

「恐ろしいって、本気で思ってるってこと」

「――」

シュリネに指摘されて、エルバートは目を細めた。これは挑発だ――怒りに任せては、間違いなく彼女の思う壺になる。

確かにエルバートは今、シュリネに恐れを抱いている。

圧倒的に優勢のはずなのに、どうしてか追い詰められているような状況に苛立ちすら覚えている。

だからこそ、エルバートは努めて平静を装った。

人を殺し、偽りと共に生きてきた人生――まだまだ、エルバートは楽しみ足りないのだ。

こんなところで、躓《つまず》いている場合ではない。

「ふふっ、なんとでも言えばいいでしょう。どう足掻いたって、僕に勝つことはできませんよ」

「……そうだね。このままだと、血が足りなくてやばいかもしれない。あなたの狙い通りだ」

シュリネの煽《あお》るような口調に、思わずエルバートは目を丸くした。

「――僕がどうして、それを狙っていると？」

「さっきまではわたしを追いかけてたのに、今は少し逃げるような動きをしてるからだよ。あなたはやっぱり、わたしとは違うね」

「何が違うと言うんです」

「強敵との戦いが好きなんじゃない――あなたは、ただ人を斬るのが好きなだけの異常者だよ。わたしも、あなたと戦うのはもう飽きた」

「……っ、調子に乗るなよ。死にかけの小娘が」

痛いところを突かれ、エルバートの言葉遣いが荒くなる。

それでも、頭の中はまだ冷静だ――踏み込みそうになるのをこらえた。

ふらり、とシュリネの身体がバランスを崩す。

やはり限界なのだ――エルバートは勝利を確信し、笑みを浮かべた。

「――シュリネっ！」

瞬間、視界に入ったのは、彼女の後方からやってくるルーテシアの姿。手に持っているのは刀で、それがシュリネの得物であることは明白だった。

シュリネがちらりと、ルーテシアの方に視線を送る。

（――今！）

エルバートはその場で剣を振るった。

シュリネごと、ルーテシアに対して魔力の刃を届かせるために、だ。

「――魔刀術、《爆砕》」

だが、シュリネが腕を振るうと同時に、地面を抉るような大きな爆発が発生し、周囲に土煙が巻き起こった。

魔刀術――シュリネの魔法の威力は低いとエルバートは判断していたが、それは誤りだった。威力の高い魔法も扱えるのだ。

視界が遮られ、エルバートは再び距離を取る。

「しまった……！」

パラパラと舞う小石の中で――シュリネが刀を握る姿が見えた。

「――待たせたね。これでようやく、あなたを斬れるよ」

鞘から刀を抜き放ったシュリネが、刃先を向けて言い放った。

＊＊＊

息を切らしたルーテシアを見れば、彼女が本気でここまで走ってきたのが分かる。

「護衛対象なのに、わざわざ戦いの場に来るなんてね。どうかしてるよ」

「はっ、は……っ、悪かった、わね。邪魔だったかしら……？」

「いや、礼を言うよ。これさえあれば、わたしは負けない」

「……ふっ、大層な自信ですね。君も大概、人のことを言えないのでは？」

「今に分かるよ」

「その余裕の表情、すぐにでも崩して差し上げますよ。そして、あなたを斬った後――絶望する彼女の姿を見るのが実に楽しみですね」

「……」

シュリネはエルバートの言葉に反応することなく、刀の柄を握りしめる。

エルバートは腕を引くようにして、シュリネを待ち構えた。

出血は激しく、魔力の残量もわずかしかない――ならば、ここで決める。

動き出したのはほとんど同時で、エルバートは魔力の斬撃を、後ろに控えるルーテシアごと当たるように大きく放った。

シュリネは真っすぐ、刃に魔力を込めて斬撃を受けきる。

すぐにエルバートが駆け出し、シュリネに向かって剣を振り下ろす——が、それをシュリネは刃を滑らせるようにして受け流した。

「な……!?」

何度もエルバートの剣を見た。

もはや、シュリネにとって彼の剣術は脅威ではなく、刀さえあれば防ぐことは容易だ。

そのまま、エルバートの剣を握った右腕を肘のあたりから斬り飛ばす。

「ギッ!?」

さらに後方に回り込み、両膝に斬撃を。残った左腕も切断し——両手足を失ったエルバートの背中を蹴り飛ばした。

「がっ、ぐあ……!?」

鮮血を撒き散らしながら転がるエルバートには目もくれず、シュリネは転がったエルバートの右手が握る剣を掴んで近づく。

「こ、こんな……ことが……」

「すぐに分かるって言ったでしょ？」

「ぐっ、くそ……は、早く、殺せ。こんな雑な切り口……僕の死には相応しくない」

「やっぱり、死ぬときは綺麗でありたいんだ？　綺麗な死体がどうとか、言ってたもんね」

「！　お、お前……わざと雑に、斬ったのか……!?」

「うん、そうだよ」

シュリネは表情を変えることなく、エルバートの腹部に彼の剣を突き刺す。

殺すためではなく、苦しめるためだけの一撃だ。

「あ、ぐぅ……」

苦しむエルバートに背を向け、そのまま立ち去ろうとする。

「な、にを……!?　待て、せめて、殺していけ……！」

懇願するように、エルバートは慌ててシュリネを止めようとする。

だが、シュリネは意に介することなく、わずかに振り返って言い放つ。

「あなたみたいな人、首を斬っておしまい――なんて終わり方じゃ、ダメだと思うよ」

「!?　ま、まさか……!?」

何かに気付いたように、エルバートの表情が青ざめた。

「心配しなくても、もう助からないから――それほど長くは苦しまないよ。ただ、この辺りには魔物もいるだろうし、楽には死ねないかもね」

すでに、周囲には魔物の気配がある。強い血の匂いに誘われてきたのかもしれない。

これから、エルバートの身に起こることは、想像に難《かた》くはない。

「ふ、ふざけるなっ！　こ、この僕を……何人殺してきたと思っている!?　僕がこんな、終わり方をしていいはずがないっ！　もっと、僕はもっと……散るのならば、誰もが見ているような場所で――」

「あなたには、これで十分。相応しい最期だよ」

エルバートは言葉にならない叫び声をあげるが、シュリネは無視してルーテシアの下へと向かう。

エルバートの様子を見て、息を呑む彼女の手を引いた。

「シュリネ……？」

「あいつが言ってたこと、本当か分からないけどさ。どうあれ、過去は変えられない。だから、せめて外道《げどう》に罰を与えてやった。でも、あなたはたぶん、これ以上は見ない方がいい。あいつは、知らないところで苦しんで死ぬ――それが、一番嫌がりそうだから」

ルーテシアに苦しむエルバートの姿を見せるつもりはない。

「……私の、ために？」

「ううん、わたしが勝手にやったこと。ルーテシアは、あんな奴のこと、気にしない方がいいよ？」

シュリネは気の利いた言葉をかけてやることはできない。

だから、あんな外道のことは気にするな、と言うほかないのだ。

ルーテシアの手を引いているため、彼女の顔を見ることはできないが、

「……ありがとう」

ただ、その一言だけが耳に届いた。

「さっきも言ったけどさ。礼を言うのは、わたしの方だよ」

シュリネは笑みを浮かべて、答えるのだった。

＊＊＊

シュリネの怪我は深刻であったが、彼女自身は楽観的であった。

護衛の仕事であれば、これくらいの怪我を負うこともあるだろう――その程度の認識だ。

服を脱がされて、シュリネは今、ベッドの上で治療を受けている。

小さな村であるために医者はいなかったので、治療をしているのはなんとルーテシアだ。

両手をシュリネの怪我にかざして、暖かい緑色の光を放つ魔力を当て続けている。

『治癒術』――どうやら、ルーテシアは高度な魔法を扱えるようだ。

「東ではその魔法、扱える人は偉い人ばかりだよ――って、そう言えばルーテシアも貴族だったね」

「子供の頃から、勉強してたのよ」

「ふぅん……。まあ、治癒術っていうのは才能も必要だろうしね」

「私には――才能なんてなかったわ。でも、血の滲むような努力はしたのよ。治癒っていう言葉には、似合わないかもしれないけれど」

憂《うれ》いを帯びた表情で、ルーテシアは続ける。

「母が亡くなる前に、約束したの」

「……約束？」

「そう。将来の話をした時に――体調を崩した母を、治せるような人になりたい、って。思えば、母はもう病気で伏せていたのに、おかしな話よね」

思い出して、自嘲気味に笑うルーテシア。

あるいは、子供ながらに母の状態を何となく察していたのかもしれない。

「努力をしたのは分かるよ」

「……でも、この魔法って扱いも難しいから、他の魔法はあんまり覚えられなかったわ」

「だろうね。おかげで痛みは随分と和らいできたけどね」

「まだたくさん、傷はあるわ。さすがに肩の傷は貫通しているし、痛みや傷は残ると思うけれど……」

「しょうがないよ、別に気にしないし」

「貴女は女の子なんだから、少しは気にしなさい」

「あはは、面白いこと言うね、ルーテシアは」

「笑いごとじゃないのよ……」

　呆れられながらも、ルーテシアの治療は続く。

　魔力の消費も激しいだろうに、彼女は集中してシュリネの怪我を治し続けた。肩だけではなく、腕や脇腹、足に至るまであらゆるところに切り傷がある。

　まずは一番深い肩の傷が優先されたが、時間がかかってしまう。

　だが、放置するわけにもいかない怪我だ――むしろ、ここさえどうにかできれば、後は足の怪我が少し大きいくらいで、エルバートとの戦いで万全ではなかったにもかかわらず、かなり善戦していたことが窺える。

実際、刀を手にしたシュリネは、エルバートなど歯牙にもかけずに瞬殺した。

「貴女って、本当に強いのね」

「ん？　まあ、あれくらいの相手なら、刀さえあれば勝てるよ」

「それだけじゃなくて……こんな怪我を負いながらでも、戦えるんだもの」

「怪我なんて、するのが当たり前じゃん」

シュリネはきょとんとした表情で、ルーテシアを見た。

「当たり前って……こんな大怪我をそんな風に考えてはダメよ」

「怪我をするつもりで戦ってはいないよ、もちろん。でも、戦いになれば怪我を負うどころか――死ぬことだってある。覚悟のないままに挑めば、逆に命を落とすからね」

およそ、十五歳の少女とは思えない言葉だ。

だが、シュリネにとっては当たり前のことで、死ぬつもりで戦いに挑む者などいないと思っているが、死んだとしても後悔のない戦いをするつもりでいる。

どんな悪条件だろうと、戦いに挑むと決めたのならば、勝つ気でいるのだ。

もしもそれで死んでしまったのなら、それがシュリネの限界だった――それだけの話だ。

「ルーテシアだってさ、命がけで刀を届けてくれたでしょ？」

「あれは……私の責任、だし」

「仮に責任があったとして、魔物も出るし自分の命を狙ってる奴もいるし……そんな場所になんて、普通の人間なら絶対に来ないよ。そういうことができる、あなただって強いとわたしは思うけどね」

シュリネの強さは、純粋な戦闘力と折れない心にある。

そんな彼女から見たルーテシアの強さは、シュリネとは全く違うベクトルのものだ。

「……貴女にそう言われるのは、複雑な気分ね」

「褒めてるんだから素直に受け取りなって」

「そうね──さ、肩の傷は終わったわ。次は足ね」

「ほーい」

シュリネは自身のスカートになっている部分をめくる。

それを見て、ルーテシアはやや表情を険しくした。

「……貴女、少しは羞恥心を持った方がいいと思うわ」

「見られて困るような下着はつけてないよ？　それとも、ルーテシアって女の子の下着とか見て興奮するタイプ？」

いたずらっぽい表情を浮かべてシュリネが言う。

「そ、そんなわけないでしょう！　まったく……」

「あはは、ごめんごめん、冗談だから」

怒りながらも、ルーテシアは治療の手を止めない。

少し息が上がっているのを見て、シュリネは声をかけた。

「そろそろ休憩したら？　さすがに疲れるでしょ」

「せめて、大きい傷を治したらね」

「真面目だね。わたしは止めないけど」

「……なら、私がこれからしようとすることも、止めない？」

不意に、ルーテシアはそんなことを切り出した。

「何をするかによるよ。命を捨てるようなことなら――」

「それはしない。あの時は……ごめんなさい」

「いいよ、わたしは気にしない。それで、これから何をするのさ？」

「……ハインはきっと反対すると思う。けれど、こうして辺境地を逃げるように移動しているだけじゃ、もうダメだと私は思うの」

その言葉で、シュリネはルーテシアが何を言いたいのか理解した。

彼女は現状、逃げているわけではない――だが、身を隠しているだけではダメだ、と考えたのだろう。

「私、王都に戻ろうと思っているわ。どのみちいずれは戻らないといけないのなら、できるだけ早い方がいいと思って」

「いいんじゃない？　こっちからも仕掛けた方がいいってことでしょ」

「仕掛けるってわけじゃないけれど、もっと戦いだって激しくなるかもしれないわ。だから、もし嫌ならここで――」

「報酬さえもらえれば、わたしはあなたを守るよ。たとえ世界中、全てが敵になったとしてもね」

「……貴女、そういう言葉はもっと大事な時に使いなさいよ」

ルーテシアは苦笑していたが、シュリネは本気で言っている。

護衛の仕事は、それくらいの覚悟を持ってやっているのだ――だから、雇用主のルーテシアが望むのなら、どこへだって向かう。

「なら――契約成立ね」

「任せてよ、お姫様」

互いに頷いて、改めて契約を交わした。――次の目的地は、どれだけ敵が潜むか分からない王都だ。

＊＊＊

ある日の夜――王都の中心にある王宮にて、一人の青年が空を見上げていた。

青年の名はアーヴァント・リンヴルム。この国の第一王子であり、現状では王位を継承できない状況にある男だ。

小さく溜め息を吐くと、アーヴァントは近くの木に視線を送る。

「――あの女、降伏の道は選ばなかったようだな」

「エルバートの遺体も見つかりました。どうやら、それなりに腕の立つ護衛を雇った様子」

木の陰から、ローブに身を包んだ男が一人、姿を現す。

彼はアーヴァントの協力者ではあるが、直属の部下というわけではない。

王宮内に忍び込むことができるだけの実力は、備えている。

「はっ、王都を騒がせた人斬りも大したことないな……。簡単に殺されやがって」

吐き捨てるように、アーヴァントは言った。

隠すつもりなどない――ルーテシアの命を狙っているのは、まさしく次期王の候補の一人であり、現状では二番手に位置しているこの男だ。

現状では、王になることはできない。

かといって、同じ血を引く者は守りが固く、唯一狙えるのはルーテシアという、王を決める権利を持つ少女だ。

ルーテシア以外の者達もまた、狙うには勢力として少し面倒――となると、必然的に対象になる。

何より、アーヴァントにとってルーテシアを狙う理由は他にもあった。

「せっかく、こちらにつくチャンスも与えてやったというのに……。形式的なものとはいえ、一時期は俺の婚約者だった相手だからな」

「いかがいたしましょう。監視はつけておりますが、どうやらルーテシアは王都に向かう様子です」

「ほう、こっちに来るのか。随分と大胆な行動に出たな」

「王女と合流させると、面倒なことになる可能性もあります」

「そうならないように仕向けたつもりだったんだが。まあ、いいさ。金はいくらでもある――腕のいい奴も多く雇っているし、何よりこっちには最強の騎士がいるからな」

依然、アーヴァントは余裕の態度を崩さない。

刺客が何人やられようと、最終的にルーテシアを始末するか、屈服させられたらそれでいい。

自身が王になるということに、一切の疑いがないのだ。

実際、アーヴァントという男は王の器ではない――故に、彼に協力する者は多い。

正しい王ではなく、間違った王になるからこそ、だ。

民のためではなく私欲のためにアーヴァントは権力を振るうため、彼に協力することで自らの私腹を肥やすことができる者が、少なからず存在している。

五大貴族のうち、二つはアーヴァントについた方が自身の利益になると踏んだのだ。

そうして集まる悪意が――ルーテシアを狙うことになる。彼女の敵は、そんな奴らの集まりばかりだった。

第三章　裏切り

――一週間後、『ロレンツ山脈』周辺にて、シュリネはルーテシア達と共に行動していた。

ルーテシアの治療もあって、シュリネの怪我はかなり良くなってきているのだが、問題は刺客の襲撃だ。

五日前と、二日前にそれぞれ二回。エルバートほどの相手ではないにしろ、まるでルーテシアの居場所を把握しているかのように、やってくる。

真っすぐ王都へと戻れたらよかったのだが、迂回ルートを使っている状況だ。

今は、馬車を降りて山越えをしようとしている。

「……さすがに、この辺りで襲撃されるなんてことは、ないわよね」

ルーテシアが息を切らしながら、周囲を確認した。

およそ貴族の令嬢が通るような道ではないが、しっかりと山用のブーツに履き替えた彼女は、文句を言うことなく歩き続けている。

先頭を行くのはハインだが、彼女は疲れた様子を見せず、

「おそらくは。敵がどうして、こちらの動きを把握しているのかまでは分かりかねますが」

そう、ルーテシアの言葉に答える。

後方を歩くのはシュリネで、こういった山道には慣れている――理由は単純で、剣の腕前を磨くのに山籠もりも修行の一環として行っていたからだ。

山を行く上で危険なのは、第一に魔物だ。

人里離れた場所であるほど、強力な魔物の住処がある可能性が高い。

早い話が、開拓されていない道を通るのだから、当たり前だ。

次に天気――ろくに整備されていない道で土砂降りになれば、シュリネはともかくとしてルーテシアはどうだろうか。

慣れない山で疲労した身体では、下手をすれば倒れかねない。

故に、彼女の体力が気になりつつも、できる限りここを抜けた方がいいのだ。

「はぁ、王都に戻るのに魔導列車が使えれば、こんな苦労はしないで済むのに」

「以前の襲撃のこともあります。やはり、目立った移動手段は危険です」

「分かっているわよ。言ってみただけ」

「疲れたなら、どこかで休憩した方がいいんじゃない？」

シュリネが提案すると、ハインは足を止める。

「休憩ですか。こんな山の中で休めるところなどあるはずがありません」

「洞穴《ほらあな》とかなら、それなりに休息はできるよ」

「魔物に襲われる危険性があります」

「わたしがいるから大丈夫だよ」

シュリネは一応、早く抜けるべきという意見を持っているが、それでも体力には限界がある。

今のルーテシアを見る限り、少しでもいいから休んだ方がいいだろう。

「……あなたとは意見が合いませんね」

「そうみたいだね」

「シュリネ、私なら平気よ」

やや険悪なムード――と言っても、お互いにそこまで気にしてはいないのだろうが、ルーテシアが割って入る。

彼女なら当然、そういう強がりを見せるだろう。

ここ数日間、ずっとそうだったからだ。

そして、雇い主であるルーテシアが言うのであれば——シュリネは従ってきた。だが、

「いや、ここは休むべきだよ」

シュリネは、自らの主張を変えなかった。

ルーテシアの状態を見れば、これ以上は無理をさせない方がいい。

そのはずなのに、ハインは何故か足を止めようとはしなかった。

「なんで、そんなに急いでるわけ？」

「聞くまでもないでしょう。私達が目指すのは王都——こうして遠回りをしている間にも、時間はどんどん過ぎていくのですよ」

「ふぅん、王都に行くのは反対だったのにね」

ルーテシアが王都に行く、と言った時——ハインは強く反対したのだ。

最終的にはルーテシアの考えを尊重するとは言っていたが、そんな彼女が急ぐような真似をするとは思えない。

何せ、自身の主《あるじ》に無理をさせているのだから。

「向かうとなれば、できる限り急ぐべきです。お嬢様の安全を確保するためにも」

「だからさ——」

「わ、私は大丈夫だって！　ほらっ」

シュリネとハインが言い争いになりかけたところで、再びルーテシアが割って入る。

気丈に振る舞っているが、やはり彼女がこのまま山越えを続けるのは難しい――それが分からないハインではないはずだ。

だからこそ、シュリネはハインに鋭い視線を向けて、言い放つ。

「どうするの？　間違いなく倒れると思うけど」

「……はぁ。あなたはお嬢様の傍にいてください。私が、安全に休める場所を探します」

「そう？　なら、よろしく」

ひらひらとシュリネが手を振って、ハインを見送る。

「あ、ハイン――」

「お嬢様、申し訳ございません」

ルーテシアが呼び止めようとするが、ハインは謝罪しながら、足を止めることなくその場を去って行く。呆然と立ち尽くすルーテシアに対し、シュリネはすぐ近くの倒木に座り込むと、

「あなたも休んだら？　体力ないんだし」

「……私は平気だって言ったでしょう？」

やや、不服そうにしながらも、ルーテシアはシュリネの言う通りに座る。

「平気じゃない。息は上がってたし、このまま進んでたら足を怪我する可能性だってあるよ？　そうなった場合、山越えの負担はさらに増える。敵に襲われた場合のリスクもね」

「それは――そうかも、しれないわね……」

シュリネの言葉に反論しようとしたが、しおらしくなり同意の言葉を口にする。

ルーテシアは確実に無理をしている――このまま進めば、限界を迎えるのは一目瞭然だ。

そもそも彼女は貴族の娘であり、ある程度の剣術などの稽古はしているかもしれないが、こうして整備もされていない道を進むには、あまりにも不慣れだ。

ハインは彼女の付き人だというのに、疲れ一つ見せない辺り――やはり、普通ではない。

同時に、シュリネには彼女の考えもある程度、予想ができていた。

「あのさ、ハインが道を決めてるわけだけど……結構、遠回りしてるでしょ？」

「確かに、人の多いところを避けるにしても、随分と慎重だとは思うけれど……それがどうかした？」

「んー、いや、やっぱりいいや」

「何よ、余計に気になるじゃない」

言えば、確実にルーテシアとの関係が悪くなる可能性が高い。

しかし、シュリネの考えはおそらく当たっている――一応、彼女には伝えておくべきか。

「おそらくだけど、ハインはルーテシアにわざと無理をさせてるね」

「……わざと？　それって、どういうことなの？」

「王都に行かせたくはない、というのがまず一つ。ただ、もう一つ気がかりな点は——敵が、わたし達の行く先々で待ち構えている、という点」

「——」

シュリネの言葉を受けて、ルーテシアの表情が途端に険しくなる。

やはり、この予想は彼女の気分を害するものに違いない。

「貴女、まさか……ハインを疑っているの？」

ルーテシアの問いに、シュリネはすぐに返答しなかった。どう答えたものか、あるいは答えるべきかを考え——

「ハインは何かを隠している。もちろん、わたしよりハインの方が信頼できるに決まってるだろうけどさ。あくまで護衛としての意見——彼女は怪しい」

はっきりと口にした。

「……ハインは、私の味方よ。ずっと一緒だったもの」

シュリネの意見が受け入れられるとは思っていない。

だが、思ったより感情的な反論はなく、『私の味方』というのがルーテシアの答えであるのなら、シュリネもそれ以上は言及しなかった。

＊＊＊

ハインは一人、ルーテシアの下を離れて休める場所を探していた。

森の中であっても、確かにシュリネの言う通り――疲れているルーテシアを休ませることは可能だ。

「……」

ハインは一度、足を止めて周囲の様子を窺った。

ルーテシアはおそらく大丈夫だが、問題はシュリネの方――彼女が来ていないことを確認して、

「そろそろ出てきてはどうですか？」

「――気付いてたか」

ハインの言葉に答え、木々の陰から姿を現したのは一人の男だ。

ローブに身を包んでおり、顔はフードを目深に被っているが――彼のことを、ハインはよく知っている。

「お嬢様の監視は私の仕事のはず――どうして、あなたがここに？」

「おいおい、随分と態度が冷たいんじゃねえの？　せっかく、こんな辺鄙《へんぴ》な場所まで来てやったってのに――」

「早く用件を言ってはどうです？」

鋭い視線を向け、ハインは少し苛立った様子を見せた。

すると、男は肩を竦めて言う。

「相変わらず、冗談の通じねえ奴だ。まあ、用もないのに来るわけねえってのはその通りだぜ。ハイン――ルーテシア・ハイレンヴェルクの監視の役目は、もう終わりだそうだ」

「……っ、終わり、とは？」

男の言葉に、ハインの表情は険しくなる。

「言葉のままの意味だぜ。もう、ルーテシアには監視を置いておく価値もねえってことだ」

「まだ、お嬢様は生きておられます。王位だって、ルーテシア様が生きている限りは確定しないはず」

「だからよ、第一王子と第一王女――王にするのは、第一王子でいいって上が決めたんだよ。俺はそれを伝えに来ただけさ」

ルーテシアは不要な存在だ、と男は言っているのだ。

ハインは動揺しながらも、取り乱すことはなく、ルーテシアの価値について話そうとする。

「お嬢様は、多くの民に慕われています。あの方は、生きている価値のある人間のはず」

「俺に言ったところで何も変わらねえよ。それと、いつまでお嬢様なんて呼んでるんだ？　お前は初めから――ハイレンヴェルク家に潜り込むだけに送られた存在だろうがよ。まさか……長年一緒にいたから絆《ほだ》されたわけじゃねえよな？」

「……それは、あり得ません」

ハインは否定する。

ここで仮に肯定の言葉を口にすれば、男はハインを『不要な存在』として始末するだろう。

戦闘になるだけならばいいが、もしも逃げられるようなことになれば――ハインが、ルーテシアに対して抱いている情を知られることになる。

だからこそ、これ以上は強く言うことができなかった。

「ま、そういうわけだ。お前はここを離れて、王都に戻れよ」

「……待ってください」

「あん、なんだよ？」

「お嬢様――ルーテシアを狙った刺客が、まるで私達の場所を知っているかのように襲ってきます。私の居場所については逐次、報告をしていましたが……まさか、第一王子側にその情報が流れている、ということはないですか？」

「……軽率な発言は慎《つつし》めよ。俺達はあくまで中立――誰が王に相応しいかを見極めるだけさ。そして、王と共にある貴族共の動向を監視するのもまた、俺達の役目だ。お前は、その役目を終えただけだぜ？　十年くらいか……お疲れさんっと」

男はそう言うと、ハインの前から姿を消した。近くにすでに気配はなく、ハインはその場に力なく座り込む。

「私は……」

どうすればいいのか――頭を抱えるようにして、ハインはその場から動けなくなっていた。

＊＊＊

――ハインが戻ってこない。

彼女ならば、それほど時間をかけずに寝床くらいは見つけられるだろう。

まだそれほど長い付き合いではないが、シュリネにも分かる。

何かあったのは明白であるが、シュリネ一人で捜しに行くわけにもいかないし、ルーテシアを一人にすることもできなかった。だが、

「ハイン、さすがに遅いわね」

先に口を開いたのは、ルーテシアだ。

やはり、彼女も気がかりなのだろう。

「この辺りなら、近くに休めそうなところはあると思うけどね」

「魔物に襲われた、なんてことは……？」

「ハインってあなたの護衛だよね？　わたしは少なくとも大丈夫だと判断してるけど、違う？」

「そう、ね。ハインは少なくとも、私なんかよりは強いわ。なら——刺客に襲われた、とか？」

「それもないと思うけど。ここにいるって知られてない限りはね」

それにハインを狙うより、確実にルーテシアを狙ってくるだろう。

つまり、現状ではハインが行方をくらます理由が見当たらないのだ。

「どうあれ、ここで考えても仕方ないし、かといって下手に動くとはぐれる可能性もあるから。少し近場で休めるところがないか、一緒に探そうか？」

「動いて、ハインは大丈夫かしら？」

「ここから離れすぎなければ、気配で分かるから」

「気配って……やっぱり、すごいのね」

「じゃなきゃ、護衛なんて仕事はできないよ」

「分かるのなら、そうね。本当なら捜しに行きたいのだけれど……」

ルーテシアなら当然、ハインの心配をするだろう。

シュリネは現状、ハインについては黒とまでは言わないが――今の段階で姿を消すのは、かなり怪しいと言わざるを得ない。

しかし、彼女が仮に第一王子側だったのであれば、ルーテシアを連れ出して護衛をする理由はなく、シュリネに助けを乞う必要もなかったのだ。

そこが引っ掛かっているため、確実にハインは第一王子側の人間だとは言い切れない。

とにかく今は、ルーテシアを休ませつつ安全を確保するのが先決だ。

「じゃ、行こうか」

そう言って、シュリネはルーテシアに手を差し伸べた。

「大丈夫よ、歩けるから」

「そう？　足場が悪いから、気を付けてね」

シュリネならば問題なく進める道も、ルーテシアが行けるとは限らない。

ある程度、道筋を考えながら、シュリネは周囲を警戒した。

やはり、ハインが戻ってくる気配はなく、彼女は完全に行方をくらましている。理由なく遠くまで行くとは考えにくいし、行動の意図が掴めなかった。

ハインはルーテシアを裏切っているのか――そう単純な話ではないように、シュリネも思い始めている。

しばし進んだところで、シュリネはちょうどいい洞穴を見つけた。

魔物が使っている形跡もなく、外からは見えにくい。

ここなら、ハインが近くに来れば分かるし、逆に刺客であったとしても十分に対応可能だ。

「ここで休んで、ハインを待つけど――時間は決めた方がいいかもね」

「時間……？」

「ずっと待ち続けるつもりはないよね？」

「もしも戻ってこないのなら、捜しに行くわよ」

「この森の中を捜すって？　さすがにリスクが――」

「私は、ハインとずっと一緒だったの」

シュリネの言葉を遮り、ルーテシアが言葉を続ける。

「あなたは、彼女を疑っているかもしれない。仮に、ハインが私の居場所を刺客に伝えているのなら、何か理由があるはずだわ」

「理由、ね。今のわたしの率直な意見は、ハインの意図が掴めないだけだよ。確かに裏切ってるのなら、最初からあなたを逃がす理由もないし、わたしを護衛につける理由もないからね」

「……そう、よね。だから、ハインを置いてここを去る理由なんて選択は、あり得ないわ」

「いいよ。わたしはルーテシアの選択に従うから」

シュリネの答えはそうだ。

ハインが仮に裏切っていても――ルーテシアが信じるというのなら、どうあれ言葉通りに行動する。

それが、護衛を受けた者の役目だからだ。

「いいの？　本当に」

だが、ルーテシアがそんな風に問いかけてきた。

「だって、あなたは信じるんでしょ？」

「そうだけど……私が間違っているとか、思わないわけ？」

「間違っているかどうか、は正直言ってわたしには関係ないかな。わたしの仕事は、あくまであなたを護衛すること。ハインが裏切ってないのならそれでいいし、裏切って刺客がここに来たのなら――あなたを守るだけ。ハインを追いかけるのはわたしの仕事じゃないけど、ルーテシアがハインを追いかけるのなら、護衛をするのはわたしの仕事だよ」

ルーテシアの思う通りに行動すればいい、それだけの話なのだ。

どこまでも、仕事という点でシュリネは忠実だ。

「私次第――そういうことね。正直、こういう時はハインの意見も聞いていたから……いなくなると余計に不安だわ」

「頼りにしてるんだね」

「もちろん。子供の頃からずっと一緒だし。あの子、ちょっと表情に出にくいところもあるけれど、優しい子だから。だから……」

そこまで言って、ルーテシアは伏し目がちに押し黙った。

シュリネにも、ハインのことを信じてほしい――そう言いたいのだろうか。

「戻ってきたら、本心を聞いてみたら？　それか、捜しに行って見つけた時」

「……ええ、そうね」

姿を消したハインを待って、シュリネとルーテシアは二人きりのまま、静かに洞穴で時間を過ごした。

――しばしの休息の後、ルーテシアが立ち上がった。

「これ以上、待っていても日が暮れてしまうわ。捜すなら、夜になる前の方がいいわよね？」

「夜に活発になる魔物もいるだろうし、目で捜すならそうだろうね。安全なのは今かな」

シュリネとしてはどちらでも構わないが、ルーテシアの安全という意味では――ハインを捜すのなら今の時間の方がいいだろう。

横になって寛《くつろ》いでいたシュリネだが、勢いよく立ち上がると、すぐに周囲を確認する。

魔物の姿はなく、誰かが近くにいる、という感じもない。

シュリネは懐から木の実を何個か取り出すと、ルーテシアに手渡した。

「さっき、食べられそうなの見つけたからさ。お腹が空いたら食べなよ」

「ありがとう、いただくわ」

「じゃあ、ハインがいなくなった方角に進むってことでいいかな？」

「ええ、そうしましょう」

森の中でハインを捜す——当然、どこに行ったのか分からない以上、動き回ること自体にリスクはある。

だが、ここまで待っても戻ってこないのならば、言葉にこそ出さないが、おそらくハインは戻ってくるつもりはないのだろう。

考えられる答えとして、ハインはルーテシアのことを見捨てたのだ。

ただし、これはあくまで、シュリネの主観に過ぎない。

ルーテシアの言う通り、浅い関係ではないのであれば、まだ可能性は残っている。

シュリネはルーテシアと共に、ハインを捜すために森の中を歩き出した。

「気配で分かるって言っていたけれど、どれくらいの範囲まで分かるの？」

「んー、一概にこれくらい……とは言えないかな。でも、遠くから感じる視線とかは分かるし、こっちから逃げようとしている気配も感じるよ。森の中だから説明しにくいけど、たとえばあそこにある木、分かる？」

「あの大きな木？　結構、距離はあるけれど」

「あそこに殺気を飛ばすとね——」

言うと同時に、数羽の鳥が飛び立って行った。

「あれくらいの距離なら、わたしの気配も向こうに悟らせられるって感じ」

「す、すごいわね……。なんか、野生動物みたいな……？」

「野生動物って。こういう森で修業を積むと、誰でもできるようになると思うよ」

「そういうものなのかしら……。シュリネは、似たような場所で修業をしていたの？」

「ここより、もうちょっと鬱蒼《うっそう》としてたかな。食べ物だってろくにないし、その日を生きるのに精一杯というか、常に全力でいないと死ぬようなところだった」

「え、ええ……？　どうして、そんなところに……？」

「だから、修行。強くなるために」

「……あなたは、強くなることを望んでいたの？」

「んー、どうだろう。今はよかったと思うけど、当時のことはあんまり覚えてないや」

シュリネは強くなることでしか、生きられない環境で育った――だから、強くなるしかなかったのだ。

今では、強敵と戦うことは好きだし、こうして護衛の仕事ができていることにも満足している。

強くなることを望んでいたかどうかなど、どうでもいい話だった。

「逆に聞くけど、ルーテシアは今の状況をどう思ってるの？」

「……私？」

「そう。いきなり命を狙われたって感じでしょ？」

「そうね。正直――腹が立つっていうのが一番かしら」

少し機嫌の悪そうな表情で言い、思わずシュリネはそれを見て笑う。

「あはは、それはいいね。ルーテシアっぽい」

「何よ、貴女の中での私のイメージ、どうなっているわけ？」

「強い女の子って感じ？」

「貴女の方がよっぽど強いじゃない」

「わたしが言いたいのは――！　止まって」

話の途中で、シュリネは不意に感じた気配に足を止めた。

ルーテシアを手で制止すると、すぐに周囲の気配を窺う。

「ど、どうしたのよ……？　もしかして、ハイン？」

「いや、一人じゃないね。人の気配ではあるけれど、数名。しかも、囲うようにしてこっちに向かってる」

「……！　まさか……」

シュリネは頷いた。山の中だというのに、まるでこちらを見定めるかのように迫ってくる集団。十中八九、刺客と見て間違いないだろう。

──嫌な予感は的中してしまったのかもしれない。ハインが姿を消して、敵にこの場所を知られた。

つまり、ハインは敵と繋がっているのだ。

シュリネはすぐにルーテシアの身体を抱える。

「……へ？」

いきなりのことで、間の抜けた声を漏らすルーテシアだが、

「口は閉じてなよ。舌、噛むかもしれないから」

伝えることだけを伝えて──ルーテシアを抱えたまま、思い切り走り出したのだ。

素早い動きで、森の中を駆けていく。

後ろからは三人、左右に分かれてそれぞれ一人ずつ──追ってきているのは、合計で五人だ。

「ちょ、ちょっと！　一体なんなの⁉」

「説明してる暇はないんだけど、まあ簡単に言うと追われてる」

「追われているって、誰に──っ！」

そこで、ルーテシアが口を押さえて黙り込む。

どうやら、揺れた衝撃で舌を噛んでしまったようだ。

「だから言ったのに。場合によっては大怪我になるんだから、黙ってなよ」

「……っ！」

何か訴えるような、険しい視線を向けられるが、ルーテシアを抱えたままでは――どうやら敵から逃げ切れないようだ。

決してシュリネが遅いわけではなく、木々が生い茂る森の中で、シュリネを見失わずに確実に追い付いてきている。

（さて……どうしようかな）

シュリネは考える――どこかにルーテシアを置いて戦うのは難しそうだ。

そうなると、止まって迎え撃つ方がいいのだろうが、森の中であることが逆にシュリネにとっては不利になる。

襲ってくる敵への対応が遅れてしまう可能性があるからだ。

シュリネは素早い動きで大木を駆け上がると、そのまま跳躍して周囲の状況を確認する。

ここから少し離れたところに、川が流れているようだ。

そこなら場所も開けているし、敵と戦うには十分な広さがある。

シュリネはすぐに行動に出た。

「川の方に向かうよ。ハインのことは——一旦忘れて」

ルーテシアは納得していない表情だが、反論もしなければ抵抗もしない。彼女なりに、今の状況が危険であることが分かっているのだろう。

目的の場所はもうすぐ、というところで、追手の一人が一気に距離を詰めてきた。

「おっと」

ブンッと空振った武器の音が耳に届く。

シュリネが身を屈めて避け、すぐに相手へ蹴りを繰り出した。

腹部へと直撃し、その勢いのままに前へと出る。

ローブを着ていたために姿は確認できなかったが、今の攻撃は確実にシュリネとルーテシアを殺そうとしたものだった。

さらにもう一人が、シュリネの前に回っていたようだ。刀身の長い剣を構えて、一気に振り抜く。

シュリネは地面を蹴って、空中へと跳んだ。

刺客は、そのまま刃をピタリと止めると、シュリネに向かって振るう。

「——っと」

「！」

シュリネは空中で身体を回転するようにしながら、刺客からの攻撃を回避する。

抱えられたルーテシアは、何が何だか分からない、といった様子だが、あまり彼女に負担も掛けられない。

すぐ近くの木に足を着くと、強く蹴って前へと進んだ。

「ちょ……なんなのよぉ！」

一気に跳んだために強い負荷が掛かったのか、ルーテシアが悲鳴をあげる。

ようやく川に着いたところで、シュリネはすぐにルーテシアを下ろした。

「お、追われているって言っていたけれど……まさか、ここに刺客が……!?」

「そうだね。確実にわたし達を狙った攻撃だったし――っと、もう来たみたい」

「！」

シュリネとルーテシアの前に姿を現したのは、ローブに身を包んだ五人の人物。先ほど、シュリネに仕掛けてきた二人も交じっているようだ。

「貴方達……私を狙ってきたの？」

「――いいえ、それは違います」

ルーテシアが問いかけると、一人が答えてローブを脱ぎ捨てる。以前に見かけた、王国の騎士の姿であった。

「！　貴方は……」

ルーテシアはその人物を見て、驚きの表情を浮かべる。

「お久しぶりですね、ルーテシア様」

その青年騎士はどうやら、ルーテシアとは顔見知りのようだ。

「知り合い？」

「ユレス・ボリヴィス――第一王子のアーヴァントの親衛隊の一人よ」

親衛隊ということは、目の前にいる五人はやはりルーテシアにとっての敵ということになる。

だが、青年――ユレスは小さく溜め息を吐くと、

「我が主を呼び捨てにしたことは……今は聞き流しましょう。我々は、あなたを保護しにきたのです」

そう、言い放ったのだった。

「保護……？　私を狙っておきながら？」

「多少の行き違いはあったようですが、アーヴァント様はただ、ルーテシア様と話す機会がほしいと仰っています。どうか、我々と共に王都まで戻り、話し合いの場を設けてはいただけませんか？」

物腰は丁寧で、一見敵意もないように見えるユレス。

だが、ルーテシアからは疑念の表情は消えず、隣に立つシュリネから見ても、これは明らかに罠としか思えなかった。

「……話の場を設けるというのなら、正式に文書を出してくれる？　戻るのだって、私には護衛がいるもの」

「護衛というのは……その隣の子ですか？　怪しい風貌でしたので、てっきりルーテシア様を攫《さら》う賊かと思いました」

「！　貴方ね――」

ルーテシアが少し怒った口調で咎《とが》めようとするが、すぐにシュリネが手で制止した。

「わたしを賊だと思ったんだ？」

「失礼を。部下には後ほど教育を――」

「あれはルーテシアごと、わたしを殺そうとしていたよ」

「……！」

シュリネの言葉を聞いて、ルーテシアが驚きに目を見開く。

彼女はシュリネに守られていて、状況がよく分かっていなかっただろうが――敵の狙いはシュリネではなく、ルーテシアであった。

「……今の話は、本当なの？」

「誤解です。騎士である我々の話より、そんな素性も分からない女の話を信じるのですか？」

「シュリネは、私を命がけで守ってくれた人よ。アーヴァントの送ってきた刺客からね。どういうつもりか知らないけれど今更、保護なんて適当な言葉を使って、私を連れて行こうなんて――怪しい以外にないじゃない」

「……困りましたね。我々は本当に、そういう命令を受けてここに来ています。仮に刺客が貴女を狙うのであれば、全力でお守りするつもりなのですが」

「だから、必要ないって言ったのよ。王都には戻るから、私の前から消えてくれる？」

ルーテシアははっきりと言い放った――ユレスは少し困った表情を浮かべて、

「拒否をされることは想定内ですが、こうなるとやはり――我々も力ずくで動くほかありませんね」

ユレスがそう言うと、控えていた四人も一斉にローブを脱ぎ捨てた。

「ユレス隊長、話し合いなんかせずにさっさとやっちまえばよかったんですよ」

「実に無駄な時間であった」

いずれも、先ほどシュリネに仕掛けてきた者達だ。

片方はやや短めの刀身の剣を持ち、もう片方はシュリネの持つ刀の三倍はあろうか、というほどの長い刀身の剣を持っている。

残りの二人は、斧と槍を得物としているようだ。

ユレスは、シンプルな直剣を持っているが、構えは取らずに命令を下す。

「ルーテシア様には手を出すな。その護衛とかいう女だけ――殺せ」

その指示と共に、四人が一斉に動き出した。

今の狙いはルーテシアではなく、シュリネのようだ。

ならば好都合――にやりと笑みを浮かべて、シュリネは敵と対峙した。

「――さっきはよくもやってくれたなぁ！」

短剣の男はそう言いながら、楽しそうに笑っていた。

これから、狩りでもするかのような目つき――騎士であることには違いないのだろうが、シュリネをただの獲物としか見ていないようだ。

向かってくる三人よりも先駆けて、真っすぐシュリネへと突っ込んでくる。

シュリネは刀で応戦し、短剣の男を止めた。

意味ありげに口角を上げる男を見て、男が何かを狙っていることに気付く。

「！」

瞬間、短剣の男はその場で跳躍した。

腰の辺りに見えるのは、長剣――先行した短剣の男がシュリネの視線を遮り、後ろに控えていた長剣の男が不意を突くように一撃を放ったのだ。

すぐに短剣の男を弾《はじ》いて、ギリギリのところでシュリネはその一撃を刀で受ける。

上空に影が見え――見上げると、高く跳躍した斧を持つ男がいた。

「潰れろ……」

ブンッ――と乱暴に振るった斧は、シュリネの頭部を確実に捉えている。

直撃を受ければ、間違いなく死に至る。

シュリネはわずかに長剣を弾くと、身を屈めながら低い姿勢で左に跳んだ。

連携は取れているが、振り下ろされた斧と長剣が位置的に考えても同時に襲ってくることはなく、地面を大きく抉るほどの一撃だが、当たらなければ問題はない。――跳んだ先で、すぐ後ろに気配を感じた。

シュリネは身体を回転させるようにしながら、刀で受け流す。

「ほう……！」

感心するように声を漏らしたのは、槍を持った男だった。

先ほどの連携に絡んでこなかったのは、シュリネが全てを避け切った後に仕留めるために控えていたのだろう。

反撃のために刀を振るうが、槍の男は後方へと跳び、それを避けた。

「先ほどの動きを見ておりましたが……中々腕は立つご様子ですね」

槍をくるくると回しながら、男は物腰柔らかにシュリネを評価する。

「それはどうも。あなた達もいい連携をしてるね」

「騎士とは一対一の戦いだけに特化しているわけではありませんので。卑怯《ひきょう》とは言わないでくださいね？　これは仕事ですので」

「もちろん――」

答える前に、シュリネは背後から迫ってくる一撃を、跳躍してかわした。

今度は長剣の男が先行して、シュリネに襲い掛かってきたのだ。

圧倒的に長い刀身は、中距離戦に特化していると言える。

距離さえ詰めれば、シュリネの方が有利なのだろうが、それをさせないための短剣の男なのだろう。

そして、大振りとはいえ一撃でも当たれば即死は免れない斧使いに、つかず離れずを徹底し、シュリネの隙を窺い続ける槍使い――いずれも、手練《てだ》れであることには違いなかった。

跳躍してすぐに、短剣の男が眼前へと迫る。

「はははは っ！　これが俺達、親衛隊の実力よ！　お前に恨みはないが、命をもらうぜ！」

シュリネは短剣の男の一撃を避けるとすぐに、刀を振るった。

一瞬、何が起こったのか理解できないといった様子で、短剣の男はゆっくりとシュリネの方を見る。

「おい、お前、何を――」

言い終える前に、ぐらりとバランスを崩して、短剣の男はその場に倒れ伏す。大量の出血――シュリネが、斬り殺したのだ。

「なんだと……？」

驚いた様子で、長剣の男が目を見開いた。

「あなた達の連携はよかった。でも、最初に仕留められなかった時点で、勝ち目はなかったよ」

「この……！」

激昂《げきこう》したのは斧の男だ。

得物の割には素早い動きでシュリネとの距離を詰めるが、それよりも速かったのはシュリネだ。

すでに男の懐にまで潜り込むと、一閃。斧の男の頭部が宙を舞い、そのままズンッと大きな音を立てながら倒れ伏す。

「それなりに強いんだろうけど、一人一人は大した強さじゃないね。連携があって初めてわたしを殺せる可能性は、確かにあった。でも、最初に突っ込んできた人、隙が多すぎるよ」

シュリネはそう言いながら、長剣の男へと向かって行く。

前線を務める二人は始末した。そうなれば、長剣の男の対応はさほど難しくはない。

「おのれ……！」

長剣をシュリネに向かって振るうが、刀で防ぎ——そのまま滑るように真っすぐ進む。

目の前まで到着したところで、シュリネは刀を地面に突き刺したまま跳んだ。

すぐ後ろに迫っていたのは、槍の男だ。

二人が驚愕に満ちた表情を浮かべながら、シュリネを見ている。

「バカな……我々が、これほど容易く——がっ!?」

シュリネは槍の男の首に足を絡めると、身体を思い切り捻《ひね》って首の骨を折る。

長剣の男が、すぐにもう一度シュリネに向かって剣を振るおうとするが、得物があまりに大きすぎるのが難点だ。

地面に突き刺さった刀を抜いて、そのまま長剣の男を両断する。

ほんのわずかな時間で、シュリネに襲い掛かってきた四人の騎士は——絶命した。

「……なるほど、私の部下が全滅とは」

「あなたも一緒に連携に入れば、最初の時に一撃くらいは加えられたかもしれないのにね」

「部下を信頼しているので。しかし、そうか——出番が回ってくることになるとはね……」

そう言いながら、ユレスが腰に下げた剣を抜き放つ。

おそらく、シュリネが四人を倒したのは想定外なのだろうが——元より、この四人よりも目の前にいるユレスという男の方が、実力的には上なのはどことなく分かっていた。

「あの四人にやられていればよかったものを。半端な強さは、苦痛を増すだけだというのに」

「随分と余裕だね。ま、戦ってみれば分かるかな」

ユレスが全く動じていないのが、その証拠だろう——だが、シュリネも特に動揺することはない。刀を構えて、ユレスと対峙した。

＊＊＊

「おいおいおいおい……マジかよ。ルーテシアの護衛、やるじゃねえか」

遠方から指で輪を作り、シュリネの戦いの様子を見守りながら、男――ガーロ・ヴェルファンは呟いた。

ガーロの命じられた役割は、ハインへの任務終了の連絡と、ルーテシアの始末を見届けること。

しかし、戦況は思っていた方向とは違う。

「ユレスだったか……？　確か、実力は王国騎士でも上位らしいが、ちゃんと始末つけられるのかねぇ――お前はどう思うよ？」

ガーロが問いかけると、後方から姿を現したのはハインだ。

「まだ残ってたのは意外だな。もう監視の仕事は終わったはずだぜ。それとも、最期を見届けるつもりか？」

「……」

「おい、何とか言ったらどうなんだよ」

ハインはゆっくりとした足取りで、ガーロに近づいていく。

「あなたがここに来た時点で私の役目は終わり――けれど、あなたがここに来た事実がなければ、どうなるでしょう」

「……お前、正気か？」

ガーロには、すぐにハインの言いたいことが分かった。――彼女は装着したベルトに隠してあった短剣を抜き放ち、構える。

「お嬢様を王都までお届けする……それさえできれば、私は潔《いさぎよ》く身を引きます」

「そういうことじゃねえよ。お前の役目はもう終わったんだ。俺を殺して、バレずにやり過ごせると思ってるのか？」

「証拠は残しません。そういうことが、できるように教育されていますので」

ハインの表情は決意に満ちていた。

ガーロの知るハインは、感情を表に出すタイプではなく、命令にも忠実。間違いなく、模範的な駒であったのだが。

小さく嘆息し、ガーロは頭を掻いた。

「マジにやる気かよ……。だから、俺は反対だったんだよなぁ……。十年――随分と長い月日だ。感情の一つや二つ、芽生えたっておかしくはねえ。本物の家族より、愛情ができちまったか？」

「――」

ハインがガーロに向かって、短剣を振るう。

しかし、ガーロは身軽な動きで、ハインの一撃をかわした。

「いい殺意だ。そして、残念でもある。ハイン、俺はお前のことを評価してるんだぜ？

今なら、まだ俺に襲い掛かった事実は――なかったことにしてやる」

「……私は一度、命令に従ってここを離れるつもりでした。でも、動けなかったんです。

だって、お嬢様は――私を信じてくれているから」

ルーテシアがハインを捜していたことは、分かっている。

送られてくる刺客から考えても、ハインは疑われても仕方ない。

シュリネはおそらく、ハインを怪しんでいることだろう――それでも、ルーテシアはここをすぐに離れる選択は、しなかったのだ。

命を狙われた状況で、その選択ができる彼女を見て、ハインも一つの覚悟を決めた。

「私は……あなたをここで始末します。お嬢様を安全に王都までお送りするために」

「明確な裏切り行為だ。やるって言うなら、俺も全力で相手になるが」

「第一王子に情報を流している者がいる――組織は中立が基本のはず。疑いがあるのであれば、私にもあなた達と敵対する理由はできます」

「あなた達、ね……。俺と戦う理由付けまで考えてきたのかよ？　黙って従っていればいいものを――本当に残念だ」

ガーロはそう言うと、腰に下げた剣を抜き放つ。刀身がやや太く、特徴的な形状の剣だ。

「一応忠告しておくが、お前がここで俺に負ければ、お前の最愛の家族の命もそこまでだぜ？　おっと、もう最愛じゃないか？　血の繋がりも何もない、ただの他人であるルーテシアの方が大事なんだもんな？」

ハインの決意を鈍らせる一言。しかし、彼女の表情は変わらない。

やはり、ハインはここでガーロを殺す気のようだ。

「そうかよ。それじゃ、俺はもう何も言わねえ――ここで、お前を殺す」

言葉と同時に、二人は刃を交えた。

＊＊＊

シュリネとユレスは互いに向き合ったまま、すぐには動かなかった。

シュリネは両手で刀を握り、やや刃先を下げるように。

ユレスは片手で剣を持ち、もう片方の腕で間合いを測っているようだった。

「来ないのか？」

「そっちこそ。わたしはいつでもいいよ」

「ふっ、そうか。ならば、私から仕掛けさせてもらおう」

ユレスはそう言うと、地面を蹴って真っすぐシュリネへと向かってきた。互いに武器を振るい、剣撃をぶつけ合う。

いざ戦いが始まれば、様子見などはしない。

やはり、ユレスの剣術は先ほど戦った者達とはレベルが違う——確実にシュリネの攻撃を防ぎ、隙あらば一撃を加えようとしてくる。

だが、真正面の斬り合いであれば、シュリネが後れを取ることはない。

しばらくして、鍔迫り合いになる形で、動きが止まる。

「やるじゃないか、剣術はほとんど互角——といったところか」

「互角、ね」

「なんだ、言いたいことがあるならはっきり言えばいいだろう」

「別に。わたしはもう、あなたの剣術は見切ったけど」

「——ほう。では、私は少しやり方を変えさせてもらおうか」

「！」

ユレスは片方の腕に魔力を込めた。

同時に、シュリネの足元が輝き始める。剣を弾いて、すぐに距離を取った。

先ほどまでいた地面が盛り上がると、鋭く太い岩の針が出現する。

「私は魔法も得意でね。君はどうかな？」

ユレスが指で指示するような動きをすると、次々とシュリネの足元から岩の針が出現する。

シュリネは走り出して、ユレスとの距離を確認しながら、魔法を回避していく。

一発でも当たれば、おそらくシュリネの身体を簡単に貫く程度の威力はある――わずかな隙を見つけて、シュリネはユレスとの距離を詰めるが、

「ちっ」

近づこうとすると、目の前に岩の針が出現して阻まれる。

魔法の扱いに関しては、言葉の通り得意なのだろう。

一方、シュリネは体内に流れる魔力量が非常に低いという欠点があるために、魔法戦は得意とはしない。

――だが、そんなことは分かり切っている。

魔法を得意とする相手ならば、それに合わせた戦いをするだけだ。

「いつまでも逃げ切れると思うなよ」

「――」

進んだ先を読まれていた。

シュリネの足元に出現した岩の針によって、華奢な身体が宙を舞う。

「シュリネっ！」

離れたところで見守っていたルーテシアが、声を上げた。

宙を舞うシュリネは、ちらりと横目でルーテシアに視線を送り――そのまま、ユレスの目の前へと降り立つ。

「な……！　確実に貫いたはず……!?」

ユレスが驚くのも無理はない。

シュリネはあえてユレスの使った魔法を受けた。否。受けるふりをしたのだ。

岩の針が出てくるのだと分かっているのだから、その魔法の勢いに合わせて高く跳ぶくらい、シュリネなら簡単だ。

咄嗟に距離を詰められ、すぐに反応できなかったユレスの――左腕に刃を放つ。

スパンッ、と小気味よい音と共にユレスの左腕は切断された。

「ぐっ、この……っ！」

だが、ユレスは怯《ひる》まない。腕を失っても、すぐに右手で握った剣で応戦しようとする。

間違いなく深手であるはずなのに、剣で応じようとする精神力は大したものだ。——再び、剣術による勝負が始まった。

けれど、シュリネにとっては、この時点で結果が見えている。

「言ったはずだよ。もう見切ったって」

「う、おお……!?」

刃を交えれば、シュリネが勝つ。

おそらく、ユレスも分かっていたのだろう。剣術においては互角ではなく、シュリネの方に分《ぶ》がある。

魔法による戦術に切り替えたのは、シュリネがあまり魔法を使わない——あるいは、ほとんど使えないという情報を得ていた可能性がある。

シュリネにとっては、その程度の情報を知られたところで、何も困ることはない。

対応して斬る——それが、シュリネという剣士なのだ。

ユレスの脇腹に一撃を加えて、背後に回る。

ユレスは剣を高く振り上げて、シュリネを両断しようと力を込めた一撃を放った。

しかし、軽々とシュリネはそれを捌《さば》き、互いの視線が交わる。

「私の――負けか……」

ユレスの呟きと共に、彼の首を刎ねる。最期は潔く、今まで戦った敵とは違い、騎士らしいと言えた。

シュリネがユレスから受けたのは、わずかな掠り傷程度で、先ほどの四人も含めると、今回の戦いではほとんど怪我を負っていない。

血を払うようにして刀を振るい、鞘へと納めた。

コロコロとユレスの頭部が転がり、吹き出した血が周囲を赤く染めていく。

戦いを見ていたルーテシアが、その場にへたり込んだ。

「今度からさ、目は瞑っておいた方がいいんじゃない？　あんまり得意じゃないでしょ、こういうの」

「……わ、私のために戦ってくれているのに、逸らすわけにもいかないでしょう」

気丈に振る舞ってはいるが、やはり目の前で首を刎ねられた遺体を見るのは、ルーテシアにとって厳しいものであるようだ。

だが、彼女がそうすると言うのであれば、シュリネも止めることはしない。

「ふぅん……わたしは仕事でやってるだけなのに。まあ、あなたに任せるよ」

「……ユレスは一応、顔見知りではあるもの。彼の最期くらいは、私には見届ける義務があるわ」

それが貴族としての務め、というところだろうか。

ルーテシアの言い回しからすると、初めからシュリネが勝つとは思っていたようだ。

そう思われるようになったのは――やはり、短い間でも彼女を守り続けてきたことで信頼関係が生まれた、と言える。

（護衛対象に信じられるのも、悪くはないね）

ルーテシアには見えないところで、シュリネは少しだけ笑みを浮かべる。――第一王子の親衛隊は、シュリネを前に斬り殺される結果に終わった。

＊＊＊

――どれくらい時間が経ったただろうか。

「はっ、はぁっ、はっ」

荒い呼吸のままに、ハインは短剣を強く握った。

全身に傷を負って、出血が止まることはない。致命傷には至っていないが、死が迫っているのは身体でよく分かる。

それは、目の前に立つ青年もまた同じだろう。

「ベッ」

ガーロが口から血を吐き捨てる。

息は乱れ、視界も定まらない様子だが、それでも彼はハインに対して刃を向けた。

「……行くぜ」

――最後の斬り合いが始まった。

ハインの刃は、ガーロの首を狙う。

一方、ガーロが狙うのはハインの心臓――互いの得物は短いが故に、超至近距離での攻防が繰り広げられる。

「っ！」

不意に、ハインは胸倉を掴まれると、勢いのままに投げ飛ばされた。

瞬間、ガーロの肩に一撃。怯まずに、刃を真っすぐハインに向けたままに向かってくる。

ハインは空中で、自身の握る短剣をガーロへと投擲した。

だが、それはガーロによって防がれる。

にやりと笑みを浮かべ、素早い動きで距離を詰め――ギリギリのところで、動きを止めた。

「が……!?」

ガーロの首に巻き付いたのは、細い糸。ハインが投げ飛ばした短剣に括《くく》りつけてあったもので、その糸をハインが操り、彼の首に回したのだ。

そして、飛んで行った短剣は少し離れた大木の枝へと巻き付く。

すぐにガーロは、糸を切り離そうとした。

だが、その一瞬が明暗を分けた――魔力を込めた渾身の手刀で、ガーロの首を斬り裂く。

ブシュッ、と大量の出血をして、その返り血を浴びながら、ハインはその場に蹲《うずくま》る。身体がここで限界を迎えたのだ。

「はっ、はっ、ふっ、ふぅ……」

呼吸を整えるように、ハインは何度か肩で息をする。

目の前で脱力するガーロを見上げた。

「ごふっ、つよく、なったな……ハイン。俺は、嬉しい、ぜ」

「紙一重……でしたが」

「だが、その紙一枚の差が、これだ……。俺の、負けだ――受け取れ」

「……っ！」

ガーロがそう言って見せたのは、魔力を流し込むことで起爆する爆弾だった。

散り際にこれくらいのことはする——分かっていても、ハインの身体は満足に動かないのだ。それでも、

「ああああああああああああ！」

感情を表に出さない彼女が、大声を上げて走り出した。

瞬間——大きな爆発によって、ハインの身体は地面を転がっていく。

耳が痛い、衝撃を受けた全身はバラバラになりそうだが、見れば手足は無事だった。

地面に転がったまま、身体が上手く動かないのは——血を失いすぎたのだろう。

力なく空を見上げると、一羽の鳥が空を飛んでいるのが見えた。

「……いいですね、あなたは」

自由にどこまでも飛べるのだから——ハインはそんなことを考えながら、静かに目を瞑る。

「——インッ」

「……？」

空耳か、そう思ったが、すぐに聞こえてきたのは、

「ハインッ、しっかりしなさい！」

「……お嬢、様？」

目を開くと、そこには涙を流すルーテシアの姿があった。

だが、すぐに彼女は安堵の表情を浮かべる。

「よかった……貴女が無事で」

「私は……」

助かったのか、そう口にする前に、状況を理解した。

見れば、ルーテシアがハインを治療している。

すぐ近くには、シュリネの姿があった。

「あれだけ大きな爆発があれば、誰でも気付くでしょ」

「そう、ですか」

「大丈夫、怪我は多いけど……致命傷はないみたいだから」

放っておけば、確実にハインは死んでいた――けれど、ルーテシアが来てくれた。

同時に、ハインは大きな罪悪感に包まれる。

本当は、ここで死ぬべきだったのではないか、と。

「お嬢様、私は――」

「いいわよ、何も言わなくて」

ハインの告白を、ルーテシアが遮った。

「私は、貴女のことを信じるって決めていたから」

「雇い主が決めたことだから、わたしもそれに殉《じゅん》ずることにしたよ。だから、今は黙って休んでなよ。もしも敵が来たら、わたしが始末しておくから」

「……ありがとう、ございます」

ハインは――ルーテシアの言葉に甘えてしまった。

ガーロを始末したことで、ルーテシアの傍にはまだいられる。王都に到着するまでの短い期間だ。

それでも、ここから先は誰にも情報が渡ることはないだろう。

ルーテシアを無事に届けることができれば、それだけでハインは満足なのだ。

だから、ハインはルーテシアが望む通りに、自らの罪を胸の中へとしまっておく。

ちらりと、ハインはシュリネの方を見た。

「お嬢様を守ってくださり、ありがとうございます」

「礼はいらないよ。仕事だからね」

「……そうですか」

彼女にも感謝の言葉を伝えて、ハインは静かに目を瞑った。

＊＊＊

ハインの治療を終えた後、彼女が眠りに就くまで——ルーテシアはずっと傍にいた。

数日は安静にしている必要はあるだろうが、直《じき》に動けるようにはなるだろう。

ルーテシアは少し離れたところで周囲を見張るシュリネの下を訪れる。

「ハイン、眠ったわ」

「よかったね。彼女が無事で」

「ええ。助けられたのは、貴女がいてくれたからよ」

「わたしはわたしのするべきことをしてるだけだよ。優先順位で言えば、わたしは間違いなくハインじゃなくてあなたを優先する」

護衛の仕事としての対象はルーテシアだけ、そういう意味だろう。

「……もしかして、怒っている？」

「？　なんで？」

シュリネがようやく、ルーテシアの方を見た。

本当に疑問、という表情だったので、少なくとも怒っている、ということはないようだ。

「ハインに結局、理由を聞いていないから」

――ルーテシアはハインに対して何故、戻らなかったのか問わなかった。

問わないことにした、と言うべきか。

ハインとは昔から一緒にいて、信頼している。

だからこそ、彼女が敵と戦って生き延びたのなら、わざわざ問い詰めるようなことはしたくない。

甘い考え、と言われるかもしれないが、ルーテシアの選んだ道だ。

「わたしが怒る理由はないでしょ。ルーテシアが決めたのなら」

「一応、貴女の助言を無視したことになるから」

「そんなこと？　わたしは気にしないよ。ルーテシアがハインを信じるのは当然のことだと思うし、こうして戻ってきたのなら言うことないでしょ」

「私は貴女のことも信頼しているわよ」

ルーテシアがそう言うと、シュリネは少し驚いた表情を浮かべた。

「もしかして、それが言いたかったこと？」

「……！」

指摘されて、ルーテシアは少しだけ頬を赤く染めた。

シュリネのことは信じている――偶然、魔導列車の中で出会っただけだが、彼女は身を挺して守ってくれた。

それが契約とはいえ、ルーテシアにとってはすでに何度も命を救ってくれている恩人だ。

だからこそ、今にして思えば――ハインを気にかけてシュリネの意見をないがしろにしてしまっているかもしれない、そう考えたのだ。

「そ、そうよ。悪い？」

そこで、ルーテシアはしおらしい姿を見せるのではなく、開き直って見せた。

すると、シュリネはくすりと笑みを浮かべて、

「あはは、そんなこと気にするの、たぶんルーテシアくらいだよ」

「っ、別にいいじゃない。一緒に行動しているんだから、気にかけるわよ」

「まあ、わたしよりハインを選ぶのは仕方ないとしてもね」

「！　ちょ、ちょっと……」

「冗談だよ。ルーテシアが誰でも無条件で信じる人間じゃないってことは分かってるからさ。気にしなくていいから、ハインの傍にいてあげなよ。傷は浅くないんだし、目が覚めた時にあなたが傍にいないと、きっとハインは不安になるよ」

「なら、貴女も戻りましょう。私達に気を遣わなくていいから」

シュリネなら、わざわざ距離を取らずとも周囲を警戒できるはず。

それくらいは、ルーテシアにも分かっていた。

「そう？　じゃあ、戻ろっか」

シュリネの方が動きは早く、さっさとルーテシアの前を歩き始めた。

「ちょ、置いていかないで──きゃっ」

慌てて追いかけようとして、ルーテシアは思わず転びそうになる。

だが、すぐにシュリネが支えてくれた。

「気を付けなよ。この辺り、足場が悪いんだから」

「あ、ありがとう」

握った手をスッと離して、シュリネは前を歩く。

そんな彼女の後ろを、ルーテシアは追いかけた。

(不安に思う方が、おかしいわよね)

シュリネは護衛の仕事を受けて、傍にいる。

だから、契約がある限り離れるはずはない──なのに、少しだけ過《よ》ぎったのは、彼女がいなくなってしまうのではないかという、言い知れぬ不安であった。

第四章　旅の終焉

長いようで短い旅は、間もなく終わろうとしていた。

ロレンツ山脈近郊では、ハインの怪我もあって停滞を余儀なくされたが、あれから刺客が送られてくることもなく、多少の遠回りをしながらも、ついに王都――『グレリス』だ。

王都に入るために御者を雇い、今は馬車に揺られながら、石造りの橋を渡っている。

「随分とでかい橋だね」

「こっちの入り口は水が豊富なのよ。だから橋を架けているのだけれど」

「元々は敵に攻め込まれにくいように橋を作ったようです。今でこそ、王国は平和を保っていますが、戦《いくさ》はいつ起こるか分かりませんから」

「なるほどねぇ……」

ハインの言葉に、シュリネは感心するように頷く。

すっかり傷もよくなったハインとは、シュリネもよく話すようになっていた。

結局、山脈で怪我を負った彼女から聞いた話は、『敵』と戦った、ということだけであったが、死にかけてでもルーテシアを守ろうとしていたのは事実だ。お互いに、守るべき者は同じ、というわけで。

特に、仕事で守っているだけのシュリネより、ハインの方がよっぽどルーテシアのことを考えているだろう。

こうして、王都に入る際もルーテシアのことがバレないように、念入りに準備をしてきたのだ。

御者の素性も調べており、王都に入ったあとは第一王女のフレアのいる屋敷まで一直線だ。

曰く、フレアも身の安全のために王宮からは一時的に離れているところにいるらしいが、その周囲の守りは強固であり、辿り着きさえできれば、ルーテシアの安全も保障できるらしい。

「……というかさ、ルーテシアは王都で暮らしてたんじゃないの？」

「いつも王都にいるわけじゃないわ。私の家は、ここから南の方にあるもの」

「王都にいるよりは辺境地に身を隠した方が安全だと考え、お連れする予定でしたが、やはり一刻も早くフレア様と合流すべきでした」

「結果論を言っても仕方ないわよ。今はシュリネがいるからここまで来られたわけで、下手をすれば王都でもっと多くの刺客に襲われていたわけだし」

ルーテシアの言う通り、シュリネという護衛の存在があるからこそ、王都までこうして足を運べた、と言っても過言ではない。

ルーテシアとハインの信頼が、それだけ寄せられていると言えるだろう。

「わたしの仕事ももうすぐ終わりってことだね」

シュリネは横になり、不意にそう呟いた。

あくまで、ルーテシアの安全を確保するまでの護衛だ。

フレアのところまで辿り着いて、ルーテシアの安全が保障されることになれば、シュリネもお役御免というわけだ。

「……そうね。しっかり報酬も払わせてもらうわよ」

「期待してるよ」

「それで、仕事が終わったらどうするの?」

「んー、別に決めてないよ。せっかくなら王都の観光でもして、しばらくしたらまた旅にでも出ようかな」

シュリネは基本的に一か所に留まることはなく、仕事が終わればまた旅に出る――そういう生活には慣れているのだ。

「……たとえばの話だけど、私のところでこのまま護衛の仕事とか、するつもりはない？」

「！」

不意に、ルーテシアがそんなことを切り出した。

「なんで？　安全確保できたら、護衛なんていらないんじゃない？」

「正直、今回のことで分かったもの。いつ狙われるか分からないなら、自分の安全は、これからも確保しておきたいって」

「ふぅん……でも、雇用契約するなら——わたしは高いよ？」

シュリネがそう言うと、ルーテシアはくすりと笑う。

「貴女、強いからむしろ安いと思うわ。一人雇うだけで、十分なんだもの」

「……確かに。お嬢様の傍には、あなたのような強い人は必要でしょう」

意外だったのは、ハインも同意したことであった。

「あなたは反対するかと思った」

「しませんよ。お嬢様を何度も守ってくださったのは事実ですから」

「そっか。そういう選択肢もあるか……」

ルーテシアの提案に、シュリネは少し悩んでいた。

正直、このまま彼女の護衛をするのは悪くない――そう思っているからだ。

だが、シュリネはすぐに返事をしなかった。

「仕事が終わってからでもいいわ。考えておいてくれたら」

「そうだね。急ぐ話でもないだろうし――！」

シュリネはそこで、身体を素早く起こす。ほとんど同時に反応したのは、ハインだ。

「ど、どうしたのよ？」

ルーテシアだけは、二人の反応に困惑した様子を見せる。

彼女はまだ状況を理解できていないようだが、ハインの表情は深刻だった。

シュリネも、表情や態度には見せないが、すでに臨戦態勢には入っている。

もうすぐ、橋を抜けて王都へ入る門の前――馬車が近づくと、ギギギと大きな音を立てながら開いていく。

王都だから、人の気配が多いのは当然だった。

しかし、その気配が全て――ルーテシアを狙った者だとしたら、話は別だ。

停止した馬車を降りると、待ち構えていたのは騎士の軍勢で、先頭に立つのは金色の髪をした青年と、全身を鎧で包んだ巨躯の騎士だ。

「待ちくたびれたぞ、ルーテシア」

「アーヴァント……!?　どうしてここに――」

「アーヴァント様、だろ？　次期王に向かってその口の利き方はなんだ」

傲慢で、不遜。わずかな会話だけで、この男は間違いなく王に相応しくないと、シュリネでも分かってしまう。

だが、シュリネが気にするのはアーヴァントではなく、その隣に立つ騎士――圧倒的なまでの威圧感と共に、剣を交えなくとも分かる事実。間違いなく、王国で一番強い騎士だ。

「……待っていたって、随分と仰々しいじゃない。こんなに大勢の騎士を連れて……」

「当たり前じゃないか。俺の親衛隊を殺した騎士殺しの主犯――大罪人を捕らえるために、万全を期しただけのこと」

「っ！」

アーヴァントの言葉に、ルーテシアは驚きに目を見開いた。

過程はどうあれ、確かにアーヴァントの親衛隊を殺したのは事実だからだ。

「それは……貴方が先に仕掛けたことでしょう」

「証拠はあるのか？　俺は持っているぞ、お前を保護するために向かった親衛隊が無惨に殺される映像をな」

「……!?」

そう言って、アーヴァントは懐から一つの道具を取り出す。

小さな球体のそれは、魔力を込めることで記録していた出来事を映し出すことができる魔道具のようだ。

そこには、保護するというユレスの提案を切り、戦いの末に殺したシュリネの姿まで映し出されていた。

当然、一部は加工されているのだが、それを証明できるのはルーテシアとシュリネだけであり、その二人が犯人として扱われている以上は、否定できる要素はない。

「……騎士を送ってきたのは、これが狙いだったのね……！」

「狙い、などと言いがかりを。保護に向かった俺の親衛隊をお前がけしかけた護衛が殺したのは事実――故に、ルーテシア・ハイレンヴェルク。お前を騎士殺しの罪で捕らえることにしたんだ。さあ、話をゆっくり聞かせてもらうとしようか」

そう言うと、後ろに控えていた騎士達が動き出そうとする。

圧倒的な数の違い――すぐに動いたのはハインで、ルーテシアの傍に寄って彼女を守ろうとするが、

「ハイン、そこまで」

「……！」

不意に姿を現した女性が、ハインに何か耳打ちをする。

アーヴァントのすぐ近くに控えていた女性が、気付けばハインのところまでやってきていたのだ。

間違いなく彼女も手練れだが、こちらに仕掛けることはなく、ハインの動きを止め、

「……申し訳ありません、お嬢様。私は――ここまでのようです」

「ハイン……!?」

吹き込まれたことは分からないが、この時点でハインはルーテシアに協力できなくなった――こうなると、シュリネは一人でルーテシアを守り抜かなければならない。

これだけの数の中で、彼女を守りながら戦うのは、いかにシュリネと言えど難しい。

仕方なくシュリネはルーテシアを連れて逃げる選択をするが、立ちふさがったのは、大柄の騎士だ。

「ははははっ、よく頑張った方だな、ルーテシア？」

アーヴァントの高笑いと共に――絶望的な状況がそこにはあった。

だが、シュリネはそれでも冷静だった。

ハインは敵に通じているというよりは、理由があって動けない、そういう状況にあるようだ。

迫る騎士達を、大柄の騎士が制止する。

「お前達では勝てん。ルーテシア様も、その場から動かないように」

そう一言告げると、騎士達は命令に従った。

やはり、目の前に立つ男が、この国においては最強なのだろう。

そんな男が、アーヴァントの味方についているのだ。

目の前の男も含めて、ルーテシアに手を出そう、という者はいないようだが、彼女を連れて離脱するのは難しい。

「逃がすと思うか？　実際に騎士を殺した女は、お前だろうに」

「騎士らしくないね。人を貶《おとし》めるのに色々と理由をつけて……わたしは人生二度目の経験だけどさ」

「そうか。運のない小娘だな——だが、もう気にする必要はない。お前は、このクロード・ディリアスに殺されるのだ」

男——クロードはそう言うと、ゆっくりとした動きで剣先をシュリネへと向けた。

身体もさることながら、直剣のように扱っているそれは、シュリネから見れば紛れもなく大剣だ。

それを片手で軽々と振るうのだから、相当な力を持っている。

だが、動きは大したことはない。

シュリネはクロードの首元に剣撃を放った。

キィン、と金属音が響き渡り、シュリネは驚きの表情を浮かべる。

確かにクロードの首を捉えたはずなのに、傷一つついていない。

どころか、シュリネの刀の先端が――逆に折られていた。

「いい一撃だ。普通の騎士であれば、今の剣撃で首を刎ねられていたかもしれないが……実に惜しいな」

「硬すぎるでしょ……」

シュリネは呆れたように溜め息を吐く。――クロードが身に纏った魔力は、例えるなら頑強な鉱石のよう。基本的にシュリネも含め、刀剣を扱う者はその刃に少量でも魔力を込める。

刃こぼれを起こさないようにコーティングし、本来であれば斬れないモノも両断できるようにするのだ。

――目の前に立つ男、クロードはその鎧に魔力を流し込み、全身を硬化させている。

その硬さは、もはやシュリネの刃を通すことは叶わず、仮にシュリネが強さで上回ったとしても、どうしても越えられない壁だ。

「才能――魔力量については、生まれ持ったものだ。私にはそれがあり、お前にはない。私ほど、魔力を持った人間に会ったことはないがね」

たった一撃。それだけで、シュリネのおおよその魔力量は把握できたのだろう。

「……上等」

シュリネは普段より、刀に魔力を込めた。足りないのであれば、補うしかない。

少ない魔力量を調整しながら、クロードに届く一撃を放つために、シュリネは再び動き出した。

やはり、動きはさほどでもない――そう思った瞬間、眼前に刃が迫った。

「っ！」

咄嗟に右に避け、距離を取る。

地面を叩いたクロードの一撃は、橋を大きく揺らした。

魔力によるブーストによって、剣撃を即座に速めている。加速した剣撃の威力は、直撃すれば即死は免れないだろう。

圧倒的な硬さに、余りある攻撃力。シュリネの見た通り、クロードは間違いなく強い。

しかし、シュリネは刀を構えて、一切退《ひ》く様子は見せなかった。

おそらく、シュリネが出会った中では五本の指に入る。否、最強と言っても過言ではない相手だ。

それも、護衛対象が目の前にいる状況での戦い——シュリネの役目を果たす時が今、ここにある。

「燃えるね、こういうシチュエーションは」

「まだ勝つ気でいるのか。いいものだな、若いというのは」

「結構、歳いってるんだ？」

「それほど若くはないさ。だから、若い芽を摘むのは少しはばかられるのだが……お前は敵だ。故に、殺すほかはない」

「いいじゃん、分かりやすくて。わたしも、あなたは斬るしかないと思ってるからさ！」

シュリネは刀を握ったまま、体勢をやや低くした。より強く魔力を込め——強固なクロードの鎧を両断する必要がある。

チャンスは一度。防がれたら、シュリネの魔力総量で考えても、クロードを斬ることは不可能になる。

確実に仕留めるには——全力でクロードの首を刎ね飛ばす。互いに向き合って動こうとした瞬間、

「ぐっ、ぁ」

「ハイン……！」

聞こえてきたのは、ハインの呻《うめ》くような声。ルーテシアが、ハインの下へと走り出した。

「！　動くなと……」

クロードは反転して、ルーテシアの方に向く。

ハインの傍にいた女性が、何かしたようだ。ルーテシアが思わず、彼女の下に駆け出してしまうように。

ハインも反応するが、女性によって動きを止められている。

――クロードの魔力を込めた一撃は、ルーテシアに向かって放たれる。

「……ちっ」

シュリネは思わず舌打ちをした。――この男の狙いをすぐに理解したからだ。ルーテシアを止めるのに、わざわざ威力の高い技を使う必要なんてない。

だが、ルーテシアに対して放たれる技を、黙ってシュリネが見過ごすわけがないと分かっているのだ。

止めるためには、クロードに放つための一撃を――ぶつけるほかない。

シュリネは加速して、全力でクロードの一撃に刃を合わせた。

ルーテシアの目の前で、彼女に傷一つつかないように、魔力を使い――砕け散った刀と共に、あとわずかというところで、クロードの一撃を受けた。

「……え？」

間の抜けた声を漏らしたのは、ルーテシアだ。

シュリネは自らの意志で彼女を庇ったのだから、何も気にする必要はない。

だが、それを伝えるための言葉を口に出す余力はない。

「魔刀、術――」

クロードの追い打ちを防ごうと、シュリネは魔法を使おうとする。

だが、すでに限界を迎えており、絞り出されるのはわずかな魔力だけだ。

「終わりだ、小娘」

再び放たれた一撃によって、シュリネの身体が宙を舞う。鮮血と共に、シュリネは石橋から放り出された。

「シュリネッ！」

――最後に見えたのは、こちらに手を伸ばすルーテシアの姿。けれど、その手は届くはずもなく、シュリネは真っすぐ落ちていった。

＊＊＊

「くく……ははははっ！」

橋の上に響き渡るのは、アーヴァントの笑い声だ。

悠々とした足取りで、アーヴァントはルーテシアの下へと歩いていく。すでに騎士達によって捕らわれた彼女を、目の前に跪かせた。

「アーヴァント……っ！」

「そう怒るなよ。見たところ、あれが金で雇った護衛なんだろう？　たかが一人やられたくらいで――おっと、お前には唯一の護衛だったかな」

挑発するように言うアーヴァントを、ルーテシアは睨みつけることしかできない。

彼のすぐ傍に立つのは――王国では最強と知られる騎士、クロードだ。

彼がアーヴァントについていたことは知っていたが、まさかアーヴァントの凶行を諫《いさ》めるどころか、協力的に動くとは思ってもいなかった。

「クロードは間違いなく、この国において最強の男だ。あの護衛の小娘に教えてやらなかったのか？　お前が戦う相手は、腕の立つ剣士が何人束になったところで勝てない、次元の違う相手だってことを。なあ？」

アーヴァントがそう言って、クロードの方に視線を送る。

彼は剣を握っていた腕を眺めていた。

――その手から、ぽたりと鮮血が流れ出る。

「！　なんだ、あの娘の返り血か？」

「いえ、どうやら斬られたようです」

「！　なんだと……？」

アーヴァントの表情がわずかに揺れる。

最強の騎士――圧倒的な存在だったはずなのに、シュリネの刃はクロードに届いていたのだ。

「あの娘の纏う魔力は、常人よりも低いものでした。ですが、最後の一撃――まともに受けていれば、あるいは」

「まさか、お前が斬られた、と？」

「……どうあれ、結果はこの通りです。娘は死んだ――今更、確かめようもないこと」

「お前の言う通りだ。いい護衛を連れていたようだが、無駄だったな？」

「……っ」

ルーテシアはアーヴァントを睨みつける。

だが、動きを封じられていては、何も抵抗する術《すべ》はない。

にやりと笑みを浮かべたアーヴァントは、騎士に指示を出す。

「連れていけ。あとで俺が直接、尋問してやる」

「はっ」

アーヴァントの指示に従い、騎士がルーテシアを連れて行こうとする。

「……貴方、どこまで落ちぶれたら気が済むの……!?」

「落ちぶれた？　違うな。俺はより上を目指している――もはや、罪人になったお前には理解できんか。落ちぶれたのは、むしろお前の方だろう」

ルーテシアの言葉を受けて、見下すようにアーヴァントは言い放った。

「貴方が――」

「黙って歩け！」

「ぐ……っ」

アーヴァントに掴みかかることもできずに、ルーテシアはそのまま騎士に無理やり歩かされる。

ルーテシアにとって、今の状況は最悪だ――だが、それ以上に心配なのは、シュリネのことだ。

クロードの一撃を、シュリネは受けた。ルーテシアを庇ったために。

こみ上げてくる感情が混ざり合って、思わず吐き気を催してしまう。

ハインのこともそうだ。彼女は間違いなく、ルーテシアのことを助けようとしてくれていた。怪我を負ってまで戦ってくれたハインが、動けなくなるのには事情があるはず。

それを聞くこともできずに、ルーテシアは騎士達が用意していた格子のある馬車に乗せられた。手足にも枷《かせ》を着けられ、言葉を発しようとすれば黙らされる。

やっと王都にまで辿り着いたというのに――結局、ルーテシアはアーヴァントの考え通りに動いていただけに過ぎなかったのだ。

悔しさはあっても、もはやどうすることもできない。同じ馬車に、アーヴァントも乗り込んできた。

「分かったか。俺に逆らったからこうなったんだ」

「……」

「発言は許可してやる。言いたいことがあれば言えよ」

「貴方と話すことなんて、何もないわ」

「くくっ、そうか。反抗的だが、こうなってしまえば可愛《かわい》いものだな」

「……っ、最低ね。私のことも、奴隷にするつもり？」

ルーテシアが吐き捨てるように言うが、アーヴァントは余裕の態度を崩さない。

「何のことだか分からないが、お前の行きつく先はどちらかしかないな。奴隷か、死か――安心しろ、数日程度の猶予はある」

裁判さえ受けさせるつもりはない、ということだろう。

今のアーヴァントは強権を発動させている。

フレアのところにさえ辿り着ければ、まだ可能性はあるが――ハインとシュリネがいない現状、もはや仲間は一人もいない。

「安心しろよ。従いさえすれば、お前は死なずに済むんだからな」

アーヴァントの言葉の通りだ。

ここで従えば、命だけは助けてやる――本当のことなのだろう。

けれど、ルーテシアはもう心に決めている。

どんなことがあろうと、アーヴァントに従うなんてことは、絶対にしない。

＊＊＊

――それから、ルーテシアは監獄へと入れられた。

しかも、王宮内にある特別室であり、入ることができるのは一部の者だけだ。

拘束衣を無理やり着せられて、ルーテシアには一切の自由が与えられなかった。

当然、誰かが面会にやってくることなどなく、彼女がここにいることを知っている者すら、いるか怪しい。

唯一、尋問のために訪れるのが――アーヴァントだけだ。

「どうだ、逃げ回るよりはよっぽど快適じゃないか？」

「……」

「おいおい、無視をするなよ」

「っ」

アーヴァントはそう言うなり、ルーテシアの前髪を掴んで、無理やり顔を上げさせる。

視線すら合わせるつもりはなかったが、こうなったらできることは睨むくらいだ。

「なあ、ルーテシア。俺達は婚約者だったよな？」

「罪もない子を罪人に仕立て上げて、奴隷にして連れ回すような奴と婚約者だったなんて、反吐《へど》が出るわ」

――ルーテシアにやった手法と同じ。アーヴァントはそういうクズなのだ。

それに気付いたルーテシアは婚約を破棄して彼の悪事を暴こうとしたが、結果的には全てもみ消される事態となった。

今でもなお、ルーテシアはアーヴァントのやったことを許していないし、その事実をどうにか公《おおやけ》にできないか、と動いていた。

「権力っていうのはな、そういうことを可能にするんだ。それに、俺は『俺のモノ』にはできる限り優しくしている……。お前が気付かないふりをしていれば、今頃はいい関係になれていたと思うが」

「できるわけがないでしょう。貴方なんかと」

「くはは、やはりいいな。俺はお前のような女を屈服させるのが……好きだ。何度、刺客を送って殺してやろうかと思っていたが、折れないその心は美しい。それでこそ、手に入れ甲斐があるというものだ」

そう言って、アーヴァントはルーテシアに迫る。――不意に手の力が抜けた隙を突いて、ルーテシアはアーヴァントの顔面に頭突《ずつ》きを食らわせた。

「ぐっ!?」

よろめきながら、アーヴァントが尻餅をつく。

つぅ、と鼻血が垂れたのを見て、ルーテシアはその姿を鼻で笑う。

「いつまでも格好つけないでよ、馬鹿じゃないの」

「……馬鹿はお前だ、クソ女が！　人が優しくしてやれば、すぐつけ上がりやがる」

「……うっ、ぐ」

勢いよくアーヴァントは立ち上がると、身動きのできないルーテシアに対して、思い切り腹部の辺りを足で踏みつけた。

何度も、執拗に暴力を振るうが、それでもルーテシアはアーヴァントを強く睨む。

激しい痛みに意識は朦朧《もうろう》としてくるが――ルーテシアはただ耐え続けた。

しばらくして、アーヴァントの動きが止まると、

「はっ、は……っ、ルーテシア。お前の家族は……全員愚かものだな」

にやりと笑みを浮かべて、そんなことを口にし始めた。

「……？　何を、言って」

「薄々、勘づいてはいるだろう？　お前の父親は事故で死んだわけじゃない」

「――」

ルーテシアは目を見開いた。

――聞いていた話では、ルーテシアの父は魔物に襲われて亡くなったという。

実際、それを疑うような証拠もないと、騎士からは報告を受けた。

けれど、今のルーテシアの現状を考えれば、あり得る話ではある。

その事実に、目を向けたくなかったのだ。

「じゃあ、貴方が、お父様、を……？」

「ああ、俺が指示して殺したんだよ。元々、目障りな奴だったからな。お前への警告の意味も込めたつもりだったがな」

「……アーヴァント、お前だけは、絶対に殺してやる……っ」

ルーテシアはただ、アーヴァントに向かって静かに言い放つ。

それができないことが分かっているからこそ、心底楽しそうにアーヴァントは笑っていた。

「くは、ははははっ！　いい顔になったな、ルーテシア！　常に冷静でいようとするなよ。今の方が、よっぽどお前らしい」

「黙りなさい。この、クズ野郎――がはっ」

再び、ルーテシアの腹部を思い切り踏みつけてから、アーヴァントは言う。

「期限はあと三日だ。それまでに、俺に従わないのであれば――お前を処刑する。俺からお前に与えてやれる最後のチャンスだ、逃すなよ？」

この状況でも、まだアーヴァントはルーテシアが従うと思っているらしい。

だとすれば、この世界で一番愚かなのは、間違いなくこの男だ。

血の混じった唾を吐き捨てて、拒絶の意思を示すが、アーヴァントは余裕そうな態度でその場を後にする。

ズキズキと痛む身体で、ルーテシアは脱力したまま、どうしたらいいか分からない感情のままに叫ぶ。

「ああああああああああっ！」

怒りと悲しみ。泣いたところで、何も解決はしない。

叫んだところで、助かるわけでもない。

ルーテシアにできることは、ただあのクズができる限り望まない方向へと、今の状況を進めることだけだ。——残り三日という、短い期間の中で、だ。

＊＊＊

王都のある場所にて——ハインは男と対面していた。

銀髪に褐色の肌をしたその様子は、この辺りでは珍しいだろう。

王都においては、名の知れた商会の長を務めているが——本当の姿は、ハインと同じ組織に所属している、幹部の一人だ。

「ガーロに命じて連絡係をさせたはずだが、僕の話は届かなかったようだね」

「……ええ。ガーロの行方は分かっておりませんか？」

「ロレンツ山脈の手前までは確認している。けれど、それ以降は不明——ちょうど、君に伝えた辺りだろうか？」

気付いているような言い方をする男の名は、キリク・ライファ。優しげな笑みを浮かべているが、ハインは息を呑む。

威圧感——蛇に睨まれた蛙とでも言えばいいのか、表情を崩さないようにするので手一杯だ。

「連絡は……受けておりません。それ以上のことは、申し上げることはできません」

「そうか。まあ、いいだろう。僕達は実力主義だからね。ガーロよりもハイン——君の方を僕は評価している。故に、君が役目を終えて戻ってきてくれただけで十分だよ」

そう言いながら、キリクはテーブルの上に置かれたグラスに手を伸ばし、中身を飲み干した。

「ふぅ……さてと、長い間ご苦労だったね。次の指示があるまで、自由にしてくれていいよ」

「……一つだけ、よろしいでしょうか？」

「なんだい、言ってごらん」

「お嬢様――ルーテシアを、生かしておくことはできませんか？」

ハインが言うと、キリクは目を細めた。

「理由は？」

「彼女は……まだ役に立ちます。民衆からの信頼も厚く、生かしておく価値が――」

「役に立つ、信頼……他人のその言葉に僕は価値を見出《みいだ》すことができない」

「……っ」

ハインの言葉を遮って、キリクは淡々と言い放つ。

「役に立つかどうかは僕が決めることで、ルーテシアはもう価値のない存在だ。民衆の信頼など、得ようと思えば正攻法を取る必要なんてないのだから。彼女には現状、味方らしい味方もいない。おそらくは、王女も彼女のことを見捨てるだろう」

「ですが――」

「二度は言わないよ、ハイン。君の役目はもう終わったんだ。ルーテシアのことは忘れるといい」

そんなこと、できるはずがない――だが、これ以上の問答をしても、いい答えは得られないだろう。

「君はもう、自分の心配だけをするんだね。何のためにここにいるか、思い出すことだ」

「……はい、分かって、います」

ハインはもう、キリクに対してただ頷くことしかできなかった。部屋を後にしてから、ハインは一人、王都を歩く。

いつもと変わらぬ賑わいを見せており、今起こっている出来事なんて、本当は夢なのではないか——そう思わせるほどだ。

けれど、ハインの隣にルーテシアはいない。

シュリネも、姿を消したまま戻ってきてはいない。

直撃を受けているのなら、おそらくは即死だが——少なくとも、ハインは彼女が死んだとは考えてはいなかった。

人気のない路地裏に入ると、ハインはその場で座り込み、小さな声で呟く。

「私には……もう、お嬢様は救えない」

どこまでも無力だ——あの時、ハインがルーテシアを連れていくことができれば、逃げられたかもしれない。

だが、アーヴァントの傍にいた女性は、ハインと同じ組織に属する者であり、彼の監視の役割を負っていたのだ。

同時に、あの場でハインに仕事の終わりを告げて、下手な行動をすれば、『家族の命はない』とはっきりと宣告された。

ハインには、たった一人の家族――妹がいる。彼女のためにこの組織に入ったのだ。

けれど、長い年月を共にしたルーテシアもまた、ハインにとっては大事な家族だ。

天秤に掛けることなどできるはずはないのだが、選択を迫られた。

結果――ハインは妹を選んだ。その事実が、彼女を苦しめることになる。

「……っ」

ハインは叫びだしたくなる気持ちを抑え、静かに時が過ぎていく中――何もできない自分をただ心の中で罵倒し続けた。

＊＊＊

――目を覚ますと、そこは見知らぬ部屋のベッドの上だった。身体中に包帯が巻かれているが、生きている。

シュリネはゆっくりと身体を起こすと、すぐにやるべきことを思い出した。

「……行かないと」

どれくらい時間が経ったのか、分からない。もう、間に合わないのかもしれない。

それでも、シュリネの仕事はまだ終わってはいない。

身体の痛みなど気にすることはなく、ここがどこなのかも興味はない。

すぐ傍にあったシュリネの刀に手を伸ばすと――刃がないことに気付いた。

「――お目覚めになられましたか」

そう言ってやってきたのは、ドレスに身を包んだ少女と、おそらくは護衛と思われる騎士の女性だ。

「あなた、誰？」

「弁《わきま》えろ。このお方は――」

「エリス、構わないわ」

騎士の女性はエリスと言うらしい。

ドレスの少女が彼女を制止すると、優雅な立ち居振る舞いで、シュリネに挨拶をした。

「わたくしはフレア・リンヴルム――そう言えば、お分かりになりますか？」

「この国の第一王女、だっけ」

ここが、まさにルーテシアを届ける予定の場所。すなわち、フレアの屋敷なのだ。

だが、辿り着けたのはシュリネだけだ。

「橋の上での戦いは、わたくしの近衛兵が確認しておりました。水に落ちた貴女を救い出せたことは、奇跡に近いと言えるでしょう。……兄上はいよいよ、手段を選ぶつもりはないようです。この国の王になるために」

「そうみたいだね。ルーテシアを殺すか、脅して仲間に加えようって方法を取った時点で、手段は選んでなかったと思うけど」

「貴女の仰る通りです。ルーテシアをすぐに迎えることができればよかったのですが、それも叶いませんでしたね……」

フレアは悲しそうな表情を浮かべて言った。

シュリネは小さく溜め息を吐くと、部屋を出ようとする。

だが、エリスに止められた。

「待て、どこへ行くつもりだ？」

「ルーテシアを助けに行く」

「！　貴様……状況が分かっていないのか？　ルーテシア様がいるのは、アーヴァント様のいる王宮だ。囚われの身になったあの方を助け出すことは……もう不可能だ」

「勝手に決めないでよ。わたしはルーテシアの護衛なんだからさ。最後まで役目は果たさないと」

「護衛であるのなら――守れなかった時点で、もうそのお役目は終わりなのでは？」

　シュリネに追い打ちをかけるような言葉を、フレアが口にした。

　元々、ルーテシアが彼女を支持したためにこうなったというのに、まるで他人事のような言い方だ。

「なにそれ。あなたもルーテシアを見捨てていいって思ってる？」

「そうは言いません。けれど、貴女一人で行って、何ができますか？」

「邪魔する奴は全員、斬る――わたしにできるのはそれだけだよ」

「それができなかったから、ここにいるのではないですか。貴女の怪我は決して浅くはない――このまま行かせることなど、できるはずもありません」

　フレアの言う通りだ。身体は痛むし、下手に動けば傷は開くだろう。

　受けた一撃がかろうじて致命傷にならなかったに過ぎない。

　だが、シュリネを止めるということは、ルーテシアを助けない、ということと同義だ。

「あなた、ルーテシアの友達じゃないの？」

「……少なくとも、わたくしは彼女を親友だと思っています」

「ならさ、少しくらいは助けようとか、そうは考えないわけ？」

「――わたくしは、王女です。その立場から言うのなら、ルーテシアを助け出すためには、あまりに多くの犠牲が必要になります」

フレアとアーヴァントは敵対関係にある。

今、ここでルーテシアを助けるには直接、王宮に攻め入るしかない。

つまり、それは第一王女による内乱――そう言われても仕方ないのだ。

「ルーテシアの命と、彼女を救うための犠牲……天秤に掛けたら、どっちが上かって話？」

「端的に言えば、そうなります」

「それで、あなたはルーテシアを見捨てるんだ？」

「貴様、いい加減に口を――」

「エリス」

フレアがエリスの名を呼ぶと、シュリネに掴みかかろうとするのを止《や》める。背を向けると、そのまま沈黙した。

「貴女はルーテシアの護衛として、十分に役割を果たしたのでしょう。王都までやってくることができたのですから。せっかく助かった命を捨てるなど、ルーテシアが望まないのでは？」

「説得のつもりなら聞かないよ。別に、手を借りようなんて思ってもいない。わたしは一人で行くからさ」

「……何故、そこまで彼女にこだわるのですか？」

少し、フレアが表情を曇らせた。

いくら言っても聞かないシュリネに呆れているのだろうか。

「わたしは護衛の依頼を受けた。依頼人がまだ生きている可能性があるのなら、わたしはその役目を果たす――それだけだよ」

「命を捨ててまで、することなのですか？　貴女のような、まだ若い女の子が……」

「覚悟もなしに、護衛の仕事なんてやらないよ。それに、命を捨てる気もない。ルーテシアを助け出す、それだけがわたしにできることだから」

「っ、強いお方ですね、貴女は」

フレアの表情はより険しくなり、先ほどまでの様子とは変わってくる。

どこまでもはっきりと、ルーテシアを救おうとする意志を曲げないシュリネに、彼女も思うところがあるのかもしれない。

「……もう一度聞くよ。あなたは、ルーテシアを助けたいと思わないの？」

「――ですか」

「……？」

「助けたいに、決まっているじゃないですか……！」

フレアの王女の仮面が、ようやく剥がれた瞬間だった。

「ルーテシアを助けたいに決まっているじゃないですかっ。親友なのに、なのに……この王都に彼女がいて、王宮に囚われていることまで分かっているのに！　わたくしは、第一王女だから――何もできないんです……っ。だから、せめて……ルーテシアの傍にいた貴女だけでも、救おうとしたんですよ」

「その点については感謝してるけどさ。王女だからこそ、できることがあるんじゃないの？」

「……無理だ。今、ルーテシア様は騎士殺しの罪を着せられている。そんな彼女を庇うのなら、当然フレア様の関与が疑われる。そうなれば、王都は血の海になるだろう」

エリスの言う通りなのだろう。王女としての立場がある以上、ルーテシアを救いたくても動けない。親友を一人救うための犠牲が、あまりに大きすぎるのだ。

けれど、フレアの言葉を聞けば分かる――救いたい気持ちが同じなら、やはりシュリネは同じことを言う。

「わたしは何を言われようと、ルーテシアを助けに行く。あなた達が手出しをできないのなら、する必要もない。でも、ルーテシアは必ず連れて戻ってくるから、その時は迎え入れてあげてね？」

シュリネは歩き出した。――生きているかさえ分からない。それでも、ルーテシアの死が確認できないのであれば、シュリネのやるべきことは残っているのだ。

もう、エリスもシュリネを止めようとはしない。だが、

「……お待ちください」

再び声を掛けてきたのは、フレアだった。

「まだ何かあるの？　できれば急ぎたいんだけど」

「わたくしも、兄上の動向はある程度把握できています。おそらく、ルーテシアを始末する時は……公開処刑、という方法を選びます。あの人は、そういう人ですから」

「！　公開処刑、ね。なら、普通に行くよりは助け出せる可能性は高いかな」

「ただ連れてくるだけではダメです。無理やり奪い返しても、私の指示であると向こうが手勢を送ってくることになるでしょう。そうなれば、争いは避けられません。ですが、この国の決まりに則《のっと》った方法であれば、ルーテシアを救うことができる可能性があります」

「決まり……？」

「フレア様、それは――」

「ごめんなさい、エリス。この方の言う『ルーテシアを必ず連れて戻る』という言葉に、賭けてみたくなりました。わたくしを支えてくれようとしているルーテシアを見捨ててし

まっては、わたくしは一生後悔するでしょう。なら、救ってくれようとする彼女に託したいのです。わたくしの――運命も」

エリスはまだ何か言いたげだったが、フレアの意思を尊重するように大きく息を吐き出した後は、何も言わなかった。

「それで、何をしてくれるのさ?」

「いくつか、貴女にお渡ししたい物があります。その前に……お名前を伺っても?」

「シュリネ・ハザクラだよ」

「シュリネさん、ですね。この国の方ではありませんよね?」

「うん、ずっと東の方かな」

「そうですか。他国の方に託すにはあまりに大きなことかもしれませんが……それでも、ルーテシアはきっと、貴女のことを信じています。わたくしも、貴女の言葉を信じます。ですから、どうか――わたくしの親友を、助けてくださいますか?」

「言われなくても、わたしの仕事だからね」

「……ありがとう、ございます」

フレアがシュリネに向かって、深々と頭を下げた。

決して万全な状態ではないが、それでもシュリネの覚悟は初めから決まっていた。

――ルーテシアを救うために、たった一人で戦いの場に赴くのだ。

＊＊＊

フレアから託された物を持って、シュリネは一人歩いていた。

時折、身体がふらついて、意識が遠のく感覚がある。

クロードに斬られて、シュリネが生きていたのは――ギリギリで残った魔力の全てを、一撃に合わせることができたから。

それも、奇跡的に致命傷にならなかったに過ぎない。

もらった痛み止めの薬は効いておらず、じわりと脂汗が流れ出す。

けれど、シュリネは足を止めない。

――命を捨ててまで、することなのですか？

フレアの問いかけを、シュリネは思い出していた。

他人からすれば、まだ出会って間もない相手を、守ろうとするのはバカに見えるのかもしれない。

ルーテシアは多くの者に命を狙われており、契約をしたからと言って深手を負った身体

でなお、守ろうとするのは愚かなことなのかもしれない。けれど、

「未練がある、ってことなんだよね……」

呟くように、シュリネは言う。

――『人斬り』の汚名を着せられ、旅に出た。

自由を得られた――初めはそう思っていたし、自分にそんな感情があるとは思ってもいなかった。

けれど、ルーテシアの護衛の仕事を受けて、彼女を守っていくうちに、間違いなく変化があったのだ。

ルーテシアは――シュリネが守りたいと思える人だ。戦いから目を背けずに、危険を冒してでも前に進もうとする。

彼女に戦う力がないからこそ、シュリネがその代わりにならなければならない。

「はっ、はあ……」

呼吸が乱れて、シュリネがその場に膝を突く。

すると、視線の先に――誰かが立っているのが見えた。

「……ハイン」

「そんな傷を負って、どこへ向かうつもりですか?」

ハインは至って冷静な表情で、問いかけてくる。今の状況がどうなっているか――知らないはずもないだろう。

「聞きたいのは、わたしの方だよ。どこに行ってたのさ？」

「私は――これを」

そう言ってハインが取り出したのは、見覚えのある魔道具だった。

「それって……アーヴァントとかいう奴が持ってた？」

「ええ、映像は記録されていますが、加工された形跡があります。これをフレア様にお届けする――それが、私にできる唯一のことです」

姿を消したハインは、ルーテシアのためにできることをしていた。

その事実だけで、今のシュリネにとっては十分だ。

ルーテシアの言う通り、彼女は決して裏切っているわけではない。

ただ、何か事情があるのだろう。

そして、その事情を確認している暇は――シュリネにはない。

「じゃあ、そっちは任せたよ」

シュリネは立ち上がり、そのままハインの横を通り過ぎようとする。

「……あなたに全てを託すこと、申し訳なく思います。けれど――」

シュリネの背に向かって、ハインは声を上げた。

「どうか、お嬢様を救ってください……！」

頭を下げた彼女の方を振り返ることなく、シュリネはただ一言、

「分かった」

そう、言葉を返した。

ルーテシアを救うことができるかどうか、全てはシュリネに託されたのだ。

＊＊＊

――三日という時間は、あっという間に過ぎていった。

満足な食事も与えられず、気まぐれにやってきたアーヴァントに痛めつけられ、すでに一人では立って歩くこともできないほどに、ルーテシアは衰弱していた。

それでもなお、彼女の心は折れていない。

決してアーヴァントには従わず、彼女の処刑は決まった。

刑の執行は日を開けずに、公布と共に王宮内にある広場が開放され、民衆の前で行われることとなった。

ルーテシアの罪状が読み上げられるが、それが仕組まれたことであると、反論する機会はない。

民衆達に走るのは動揺だ。

ルーテシアがそんなことをするはずがない、でも王子が調べて処刑が決行されるのなら真実ではないか——彼らに真偽を確認する術はなく、何より王国最強の騎士であるクロードが、その場に立っているのだ。

誰も、ルーテシアの処刑に異を唱えることなどできなかった。

（……それで、いいわ）

もはや争いなど望まず、ルーテシアは全てを受け入れた。

これから処刑されることに、何も抵抗はしない。

少し離れたところで席に着くアーヴァントに視線を送る。

優越感に浸るあの男に何もできないことは悔しいが、もうすぐ顔を見ることもなくなるのだ、構わない。

ルーテシアの目の前にあるのは、絞首台だ。王宮の広場に本来はない物なのに、わざわざここまで運んできたのだろう——どこまでも、ルーテシアを追い詰めるために、だ。

騎士に連れられて、ルーテシアは歩かされる。

手足に枷を付けられているが、そもそも逃げることなどできるはずもない。

途中、ルーテシアの前にクロードが立った。

「……何故、貴方のような人が、あの男に味方するの？」

分かっているはずだ、アーヴァントは間違っている――兜《かぶと》の下の表情を窺うことはできないが、クロードは即答する。

「王は優しさだけでは務まらん。だが、あえて選ぶのなら、我々に利がある方を選ぶ――それだけのことだ」

つまり、もう一人の候補――フレアは優しすぎる、と言いたいのだろう。

確かに、ルーテシアはその点については同意する。

けれど、そんな彼女を支えてやればいい、そんな風に考えたのがルーテシアなのだ。

今更、言ったところで覆《くつがえ》る状況でもないが。

一段、また一段と階段を歩かされ、辿り着いた先の景色は、皮肉にも晴れた空だった。

これから死ぬというのに、あまりに綺麗な光景に思わず笑ってしまう。

騎士達は手際よく、ルーテシアを配置につかせた。

途中、縄の長さを調整しているのを見て、アーヴァントの醜悪さを理解する。縄を短くすることで、ルーテシアができるだけ長く苦しむようにしようとしているのだ。

本来であれば、落下の衝撃で首の骨が折れるはず。

しかし、今の長さでは、痛みはあれど折れることはない。ギリギリまで苦しめて、殺す
――そういう意思が伝わってきた。

（なら、絶対に、耐えてやる）

苦しむ姿なんて、見せてやらない。

ルーテシアは覚悟を決めた。

どうせ死ぬのなら、せめてアーヴァントの喜ばないようにしよう。耐えに耐えて、静かに死んでやる。

それくらいしか、ルーテシアにはできることがなかった。縄を首にかけられて、目隠しをされて――準備は整った。

いつ足元の板が外されるか、ルーテシアには分からない。

――後悔があるとすれば、ハインとシュリネのことだ。

ハインのことを、結局ルーテシアは分かっていなかった。彼女が苦しんでいるというのに、ただ『信じている』などという言葉だけで、縛り付けてしまった。

ルーテシアが死ぬことで自由になれるのなら、どうか彼女は救われてほしい。

シュリネは――果たして生きているのだろうか。最後に見たとき、彼女が受けた傷は浅

くなかった。

あの時、ルーテシアが動かなければ、あるいはクロードを打ち倒し、シュリネが勝っていたかもしれない――ルーテシアを守ろうとしたから、彼女は斬られてしまったのだ。

謝って済むことではないが、そんな機会すら与えられることはないのだろう。

(私は……)

彼女のことを、まだ何も知らない。護衛と、依頼人という関係だけで、もっとこれから知りたいと思っていた。

だから、これからも護衛として傍にいてほしい、と提案したばかりなのに。

「……っ」

時間が経てば経つほど、だんだんと恐怖心が勝ってくる。死んだって構わない、そう決意したはずなのに、死にたくないと思わされてしまう。

アーヴァントはそれが分かっていて、あえてすぐに執行しないのだ。

震え始める身体を止めることはできず、助けを求めたくなる。許しを乞いたくなる。心が折れかけたところで、ふわりと身体が浮いた。

「ぁ」

――意外に呆気ないもので、首が絞まって苦しくなると思ったのに、そんな感覚はない。

あるいは、苦しんで死んだのかもしれないが、もうそんな事実などない、死後の世界に辿り着いてしまったのだろうか。

暗闇だった視界が開かれると、そこには知った顔があった。

「……シュリネ？　あなたも、死んでしまったの？」

「バカ言わないでよ。ちゃんと生きてる」

――生きていた。その事実に、ただ安堵する。

けれど、どうして彼女がここにいるのか。見れば、首の縄は綺麗に切断されて、絞首台の下にいる。

ざわつく民衆と、怒りに満ちた表情で、アーヴァントが叫んでいた。

「何故だ！　何故、そいつがここにいる!?」

――王宮の広場。ここにいるのは、アーヴァントに属する騎士ばかり。それに、最強の騎士までいる。

誰も助けてくれるはずもなかったし、望みもしなかった。

なのに、彼女はここに現れたのだ。

「なんで――」

すでに諦めていたのに――シュリネは、たった一人でやってきたのだ。

ルーテシアの枷を繋ぐ鎖を刀で切断すると、シュリネはルーテシアを守るように立つ。

身体中、包帯だらけで――今のルーテシアよりもずっと深い傷を負っている。

それなのに、シュリネは自信に満ちた表情で、言い放つ。

「助けに来た」

――大勢の敵を前にして、シュリネの一切の迷いない答えだった。

＊＊＊

父が亡くなる数日前、最後に屋敷を出る前に、ルーテシアは言葉をかわしていた。

「ルーテシア、お前はハイレンヴェルクの家を直に継ぐことになる」

「はい、分かっております」

呼び出されたルーテシアは、父の言葉に即答した。

そうは言っても、ハイレンヴェルク家にはまだ若い父がいる――いずれ、という意味合いに取っていた。

だが、父はそれとなく察していたのかもしれない。これから自分に起こる出来事を。

「ハインにはお前を補佐してもらうために、色々と伝えてある。困ったことがあれば、彼女を頼りなさい」

「もちろん、ハインとは幼い頃からずっと一緒におりますから。それに、お父様からもまだまだ、学びたいことがたくさんあります」

「……そうだな。だが――お前は、立派に育っているよ」

「……？　お父様？」

「いや、すまない。どうにも最近、感傷的になることが多くて、よくないな。だが、今のお前の姿を――見せてやりたかった」

母に対して、そういう意味だろう。

母が亡くなってから、すでに十年という歳月が過ぎている。今だからこそ、言えることなのかもしれない。

「お前にはハインがいる。それに、フレア様だって仲良くしてくださっているんだ。別に心配はしていないが……どうにもお前は、本音を隠す性質がある」

「そのようなことは――」

「本当に、お前はハイレンヴェルク家の当主になることを望んでいるか？」

「！」

父の問いかけに、ルーテシアは驚きの表情を浮かべた。

そんなことを問われるとは思ってもおらず、ルーテシアは当主になることが当然だと思っていたからだ。

「ど、どうしてそんなことを……？」

「お前はハイレンヴェルク家の人間だ――間違いなく、当主になれると信じている。だが、アーヴァント様の件もそうだが……お前にとって、これから多くの苦難が待ち受けていることだろう。これは、一人の娘を心配する父としての言葉だ。お前は、本当に当主になりたいと思っているのか？」

「――もちろんです。私は、ハイレンヴェルクの人間ですから」

父の言葉を受けて、迷うことなくルーテシアは答えた。

――ルーテシアはそういう人間だ。父に問われたことに、迷ってはならない。

だって、ルーテシア・ハイレンヴェルクは大貴族の娘であり、次期当主となる人間なのだから。

これが求められた問いへの答えなのだと、信じて疑わない。

「そうか。それならばいい。だが、本当に困った時は――ハインに限らず、頼れる人を頼りなさい」

「分かりました」

この時のルーテシアは、父の言葉をそこまで重く受け止めてはいなかった。

ハインがいて、フレアがいる――頼れる人はいるし、ルーテシア自身、他人に頼らなくたって自分でできると思っていたからだ。

だから、今になって思う――誰も頼れる人がいなくなって一人になった時、ルーテシアは何もできない一人の少女でしかなかった。

ハインがいてくれるから、いつだって困ることはなかった。

フレアは王女だから、ルーテシアの当主としての立場は、脅《おびや》かされることはないはずだった。

その全てが失われた時、ルーテシアに残るものは何もない。

絶望するな、という方が無理なのかもしれない。

けれど、そんな中でも――ルーテシアにとっての、唯一の希望は確かに存在していた。

出会った時は、珍しい服装をしているだけの女の子で、挨拶程度の言葉をかわしただけ。

けれど、そんな子に護衛を任せることになって、何度も命を狙われて――それでも、彼女は確かに、ルーテシアを守ってくれた。

母のことで冷静さを失ったルーテシアを庇い、願いを叶えてくれた。

――シュリネ・ハザクラという少女は今、ルーテシアにとって唯一『頼れる人』なのだ。

第五章　たとえ世界中

その場にいた全員が、シュリネの姿を見て驚きの表情を浮かべていた。

処刑される寸前だったルーテシアを助け出す者がいること自体、驚きだろうが――一部の者は別の意味で驚きを隠せない。

「クロード……！　どういうことだ!?　こいつは、お前が斬ったはずだろう……!?」

「確かに、その通り。ですが――状況は何も変わらないのでは？」

アーヴァントの問いに、クロードは至って冷静に答えた。

怒りの表情を浮かべていたアーヴァントも、その言葉を受けて、やがて余裕を取り戻す。

「……そうか、そうだな。お前の言う通りだ。たかが小娘一人、生きていたところで何も変わりはない……。おい、すぐにそいつを殺せ！　ルーテシアの処刑を再開するぞ！」

アーヴァントの指示を受けて、近くにいた騎士達が動き出した。

シュリネは懐から一枚の紙を取り出すと、大きな声で宣言する。

「わたしはシュリネ・ハザクラ――第一王女、フレア・リンヴルムの代理としてここにいる！」

「！　フレアの代理だと……？」

アーヴァントが険しい表情を浮かべた。

シュリネの下へ駆け寄ろうとした騎士達も、その名を聞いて動きを止める。

王女の代理――いかにアーヴァントの指示とはいえ、民衆の前でその名前を出された以上は、簡単に手出しはできない、というわけだ。

そして、フレアがルーテシアを助けるために――シュリネに渡した切り札だ。

「フレア・リンヴルムは第一王女として、ルーテシア・ハイレンヴェルクの身柄の引き渡しを要求する。その理由は、ルーテシアの罪状には調査すべき点が多く、無実の可能性が拭えないため」

「はっ、無実だと？　証拠は俺が握っている。どんな理由付けをしようと、ルーテシアを引き渡すことなどあり得ん」

「最後まで聞きなよ。この書状は、第一王女であるフレア・リンヴルムの名において――第一王子であるアーヴァント・リンヴルムに決闘を申し込むものである。フレア・リンヴルムに代わり、わたし、シュリネ・ハザクラが決闘の代理人となる」

「ふは、ふはははははっ！　何を言い出すかと思えば、それこそあり得ない話だ！　俺がどうして、この状況でお前達の言う、決闘を受けなければならない？」

アーヴァントは笑っているが、騎士や民衆は動揺の色を隠せない。

王女であるフレアが、王子であるアーヴァントに決闘を申し込んだのだ——王族や貴族の決闘は、この国では実際に行われてきたもの。

しかし、申し込まれたから、必ず受けなければならないということはない。

決闘を拒否すれば当然、その事実こそ広まりはするが——現状ではアーヴァントに受けるメリットは一切ない。

シュリネもそれが分かっているが、この話にはまだ続きがある。

「決闘を申し込む以上は、賭けるものがあるに決まってるでしょ？」

「何を賭けるというんだ。俺に潔く王位を明け渡すというのであれば、考えてやらんでもないが——」

「その通り」

「……は？」

アーヴァントが素《す》っ頓狂《とんきょう》な声を漏らした。

シュリネは、その場にいる全員に向かって、はっきりと口にする。

「この決闘にわたし、シュリネ・ハザクラが敗北した場合——フレア・リンヴルムは王位継承に関わる全ての権利を放棄する。それが、この書状に記された全てだ」

「……！　正気か……!?」

アーヴァントが驚きのあまり立ち上がった。広場にいた全ての者達が、ざわつく。

当たり前だ――ルーテシアの処刑の場に現れた少女が、突然に王女の名を口にして、王位継承の権利に関して口にしたのだ。

だが、シュリネの持つ書状に押印されているのは、第一王女であるフレアの印章だ。

アーヴァントならば、これが本物であると理解できるはず。故に、彼はシュリネの言葉を受けて考え始めた。

この決闘を受けるべきか否か、だ。

悩んでいるようだが、フレア曰く――間違いなく、アーヴァントはこの決闘を受けるはずだと言う。

フレアが継承権の全てを放棄すれば、そもそもルーテシアを処刑する必要もなくなり、後顧《こうこ》の憂いは全て消え去る。

決闘に勝てば、フレアはもはや王位を継ぐことができなくなる、という書状なのだから。

「王位継承権の放棄って……貴女、何を言っているの……？」

小さな声で、座り込んでいたルーテシアが問いかけてきた。

弱り切っているはずの彼女の表情から見てとれるのは、怒りだ。

「私を助けるために、そんなことを？」

「そう、あなたを助けるために」

「そんなこと……！　貴女だって、生きていたのなら……！」

生きていたのなら――来るべきではなかった、そう言いたいのだろう。

フレアも言っていた通り、傷だらけの身体で、もはや生きていることさえ奇跡だと言える状況で、ルーテシアを助けるためだけに、敵だらけの場所にやってきたのだ。

「貴女が負ければ、全て終わりなのよ……!?　王位継承権が残っていれば、私が処刑されたとしても、可能性は残っているはずなのに。なのに、どうしてそんな……」

「親友だからこそ、助けたいって言ってたよ。見ず知らずのわたしにさ、全てを賭けてくれたんだ」

「そんなの……ダメよ。私を助けるため、なんて。絶対にダメ。今すぐに戻って。今ならまだ、決闘を受理される前なら――」

「なら、あなたはどうするの？」

シュリネは振り返り、ルーテシアを真っすぐ見据えた。

「わたしがここで戻れば、あなたは処刑される」

「……分かっているわよ」

「分かってない。死にたいの？」

「そうするしか、ない――」

「わたしが聞いてるのはそういうことじゃない」

シュリネはルーテシアの肩を掴んで、少し怒った口調で言う。

「死にたいのか、生きたいのか、聞いてるんだ」

「……意味のない、質問よ」

「あるよ。わたしは、あなたを助けるために来た。王女だって、あなたを助けるために全てを賭けてる。それなのに、あなたはそれを望まないって言うの？」

「……っ、望めるわけ、ないじゃない。私なんかのために。なんで、貴女はここに来たのよ……」

「わたしはあなたの護衛だから。護衛の役目は、守ることにある。わたしは――強くなったのに、その役目を果たせなかった。けれど、今なら果たせるんだよ。わたしに、あなたを守らせてよ。これがわたしの本音だから」

だから、

「あなたの本音も聞かせてよ。王女がどうとか、望めないだとか、そんな屁理屈はどうでもいい。あなたの本音を聞かせて」

「……そんなの、言えない。言えるわけが――」

「大丈夫だから」

シュリネはルーテシアを抱き寄せると、優しく彼女に言う。

「わたし、あなたに信じてもらうのは悪い気がしなかった。むしろ、嬉しいとさえ思った。だから、わたしのことを信じてよ。絶対に負けないからさ。前に言ったよね？　たとえ世界中が敵になったとしても――わたしが必ず、あなたを守る」

「……っ。私――」

ルーテシアは、本音を決して口にしようとはしなかった。

最初に出会った頃もそうだ。命を狙われている状況でも毅然としていて、唯一――感情をはっきりと見せてくれたのは、母親の話の時だろう。

あの時に分かったことは、ルーテシアだって普通の少女だ。

高貴な身分だとか、そういうのは関係ない。今は、味方のいない一人の少女なのだ。

そして――彼女を救うために、シュリネはここにいる。

ルーテシアは、震える身体で言う。

「こんなこと、望んだら、ダメなのに――お願い、私を、助けて……っ」

ふり絞ったルーテシアの本音を受けて、シュリネは即答する。

「――引き受けた」

シュリネは再び、アーヴァントへと向き直った。

彼もまた、提案を受け入れる覚悟を決めたようだ。

「……その決闘とやらは、俺も代理を出していいんだな？」

「もちろん」

初めから分かっている。

ルーテシアを助けるためには――王国最強の騎士を打ち倒さなければならないのだ。

＊＊＊

王宮の広場は静まり返っていた。

先ほどまでは、一人の少女の処刑が行われるはずだった場所で今、決闘が始まろうとしている。

悠々と構えるのは、王国最強の騎士――クロード。対するのは、傷だらけの少女――シュリネ。誰がどう見たって、勝敗は明白だった。

無傷の、しかもこの場にいる誰もが知る最強の存在と、怪我を負った見知らぬ少女では、結果など見えてしまっている。

唯一、この場でシュリネの勝利を信じているのは、彼女の後ろに控えているルーテシアだけだろう。

「無意味なことを」

シュリネと対峙したクロードは、呆れたように言った。

「やってみなきゃ分からないでしょ」

「……呆れたものだ。お前は一度、私に敗れている。圧倒的な力の差を理解したはずだ――それなのに、わざわざ戻ってきたかと思えば、今度は王位継承権を賭けた決闘だと？　くだらなすぎて笑えもしない」

「よく喋るね」

「……なに？」

「わたしから言えることは一つ。卑怯な真似はしないでね？」

「減らず口を……。万全の状態からほど遠い、満身創痍《まんしんそうい》のお前など――斬り捨ててそれで終《しま》いだ」

開始の合図はない。互いに武器を手に取った時点で、戦いは始まっている。

シュリネが抜いたのは、真紅の刀身を持つ美しい刀であった。

「！　それは……」

反応したのはルーテシアだ。彼女はこれが何なのか、分かっているようだ。

この刀は、シュリネがフレアから渡されたもう一つの切り札。正確に言えば、彼女にとっての切り札となる代物だ。

「折れた刀の代わりか。よく調達できたものだ」

「あなたは知らないんだ。一応、王族が持ってた物なのにね」

「……フレア様から渡された物か。だが、刀の一本握ったところで何になる。お前の攻撃は——私には通らん！　この鎧に、お前は傷一つつけることはできないのだからな」

とてつもない量の魔力を放ち、大気が震える。

周囲にいた人々も、圧倒的な力に息を呑んだ。アーヴァントに至っては、クロードを見て勝利を確信したように優越感に浸っている。

今から、シュリネの処刑が始まる——そして、シュリネが死ねば、ルーテシアは自分のものになると考えているのだろう。

「今度こそ散れ——小娘」

ブンッと、魔力を帯びた大剣が振り下ろされる。

シュリネはその一撃を刀で受け流した。地面が割れ、その威力の凄さが分かる。

「なんだと……？」

驚きの声を上げたのは、クロードだ。

シュリネが彼の一撃を受け流した——刀には一切の刃こぼれはなく、そのままシュリネは跳躍すると、クロードに一太刀《ひとたち》浴びせた。

「別に、鎧を着る必要なんてないでしょ。刃さえ届けば、どうにでもなるんだから」

首元への一撃。咄嗟に回避したクロードだが、痛みと共に出血する。

シュリネの一撃が、クロードに通ったのだ。

「バカな……ほとんど魔力を纏っていないお前の一撃が、私に通るはず——」

そこまで言ったところで、クロードは気付いたようだ。

「その刀か」

「正解だよ」

＊＊＊

——シュリネに託された刀は、呪いの刀と呼ばれていた。

「呪い？」

「ええ、使い手の生命力を吸うと言われています。握ると力が出なくなる、と」

そう言って、フレアは鞘に納められた刀を抜き放った。

真紅の刃は美しく見え、同時に血を吸ったような刀身にも見える。

「この刀は東の国から伝わった物です。もう何代も前の王の時代に」

「生命力を吸うって言う割には、あなたは大丈夫そうだね？」

「そうですね。わたくしは特に問題はありません」

「……？　どういう意味？」

「この刀は、正確に言えば魔力を吸うのです。『紅鉱石』と呼ばれる稀少な素材を使い、魔力を吸い続けることでこの刀は驚くほどに頑丈となり、決して折れぬ刃となります。ただし、先ほど言った通り、持ち主は魔力を吸われ続けるので、その状態に慣れない者には厳しいでしょう」

「じゃあ、あなたが握れる理由は……」

「わたくしは、生まれながらに魔力をほとんど持ちません。そういう人間が扱う分には、負担がないのです。貴女も、わたくしと同じでしょう？」

見る人が見れば、シュリネの魔力が低いことは分かるものだ。

それは戦いにおいてデメリットにしかならないが、この刀を扱う上では、必要な才能なのだ。

＊＊＊

――シュリネは真紅の刀をクロードに向け、言い放つ。

「わたしの身体には、もう魔力は全く残っていない。けれど、この刀には――あなたを超える魔力がある。そして、魔力を吸い続けるこの刀なら、あなたの防御力も意味をなさない」

「なるほど……お前だけが生かせる、唯一の刀というわけか」

「運命なんて言葉は信じないけどさ、わたしがこれを握ってここに立ったのは、偶然だとは思えないね」

――クロードに斬撃を通せる唯一の刀を持って、シュリネは向かい合う。

斬られた、というのにクロードは至って冷静に口を開く。

「私を斬れるようになった――だから、どうしたと言うのだ？」

クロードはその場で大剣を振るった。放たれた魔力が波のように広がり、シュリネを襲った。

鋭い刃に斬られたように、シュリネの身体のあちこちから出血する。

「まさに背水――魔力を一切残さないということは、すなわち魔力に対する耐性そのものを放棄するということだ。こうして、わずかに溢れた魔力を受けただけで、皮膚は裂かれて血を流す。全く対等になどなっていない」

「確かにね」

シュリネは否定しない。

クロードの魔力量が異常なことは間違いないし、魔力のない状態で戦うなど、無謀だということは分かっている。

だが、シュリネにとっては――魔力の有無など関係ないのだ。

才能がないことは理解した上で、極めようとしたのは剣術だ。

一本の刀で、あらゆる敵を打ち倒すために強くなった。その真価が問われる時――

「対等だなんて考えてないよ。けれど、わたしは負けない」

「どこからそんな自信がくるのだ……。これも若さというわけか。実に無謀なことだ」

「無謀かどうかは、試してみれば分かるよ」

再び、シュリネが動き出す。

クロードが魔力を身体に纏う。溢れ出した魔力は、シュリネにとって単純に危険なものだ。

だが、シュリネは下がらない。

クロードが大剣を振るった。シュリネは跳躍して、それを避ける。刃が届かずとも、放たれる魔力が直撃すれば、シュリネにとっては致命傷になりえるために、回避するほかない。

けれど、刃の届かない位置でクロードは剣を振るった――シュリネに近づかれたくないという、明確な逃げの行為だ。

クロードの剣が届く距離まで近づいた。

すぐに、シュリネに対して大剣を振り下ろす。

「ふっ――」

息を吐き出して、シュリネはクロードの大剣を刀で受け流した。

威力はあれど、剣速は十分に対応できるものだ。

足場が砕かれるが、その前にシュリネは跳躍して――クロードの肩に一撃を加える。

「……ちっ」

鎧の隙間を縫うように。わずかな出血が見られ、クロードは二度目のダメージを受けた。

戦いを見守る者達にも、動揺が走る。

浅い傷とはいえ、クロードの方が攻撃を受けている状況なのだ。だが、

「……っ」

じわりと、シュリネの身体に巻いた包帯から出血が見られた。

身体の怪我は完全には治っておらず、下手に動けば傷は開く――分かっていたことだ。

「二撃目……見事なものだ」

ゆらりと、クロードが悠然としたままにシュリネと向き合う。

「橋の上で斬られた時は痛みを感じなかったが……今はしっかりと感じている。こうして、斬られる痛みを味わうのは久々だ。大型の魔物でも、私に傷をつけることは難しい」

「それはどうも」

「だが、この戦いで私につけた傷はたった二つ。それも、鎧の隙間を縫っただけの掠り傷だ。お前はどうだ――どう足掻いたところで、魔力によって身体に傷は増え続け、傷まで開いている。おそらく、持ってあと数分というところか？　随分と、息も上がっているようだが」

シュリネの呼吸は乱れている。

痛みの強い身体。一切のミスの許されない状況。そして、負けることは許されない戦い

――およそ、一人の少女が背負わされるには、あまりに過酷な状況だ。

しかし、シュリネは望んでこの場に立っている。

弱音など吐けない。そんなもの――口に出すつもりもない。

むしろ、シュリネは笑って見せた。

それは、追い詰められた故に見せる諦めの笑いではなく、今の状況を楽しんでさえいるものだ。

「……何を笑うことがある？」

「強い相手と戦うのはさ、楽しいよ」

「ふっ――はははははははっ！」

冷静だったクロードが大きな声で笑った。

「面白いやつだ。追い詰められても、なお笑うことができるか」

クロードはゆっくりとした動きで、シュリネと向かい合う。

身体に纏った魔力が――徐々に大きくなっていく。

「ならば、これでも笑っていられるか？」

暴風のなかにいるような、大きな音が響き始めた。

その原因は分かっている――鎧の隙間から、目に見えて魔力が噴き出して、クロードの

姿が変化しているようにさえ見えた。

「──竜装魔鎧《りゅうそうまがい》。これが私の全力だ」

満身創痍のシュリネに対して、ようやくクロードが本気を出した瞬間だった。

誰しもがその姿を見て、恐怖する。

相対するシュリネだけが、それでも表情を変えることはなく、

「いいね。ここからが、本当の勝負だ」

怯む様子は全くなく、シュリネはクロードに向かって駆け出した。

＊＊＊

──やはり、勝敗は明白であった。

本気を出したクロードに勝てる者など、少なくともこの国にはいない。

尋常ならざる魔力は、もはや近づくだけで人が死ぬのではないか、そう思わせるほどだ。

すぐに決着はつく──その場にいた誰しもが、そう思っていた。

なのに、まだ戦いは終わっていない。

響き渡るのは、大剣と刀がぶつかり合う音。あちこち地面は抉れ、血飛沫《しぶき》によってとこ

ろどころ赤く染まっている。

ほとんどがクロードではなく、シュリネの血だ。

だが、彼女は戦っている。

「どうなってんだ、これ」

民衆の一人が、ポツリと呟いた。

クロードの大剣は、魔力を噴きながら加速する。

それをシュリネは、ギリギリのところで捌くのだ。溢れる魔力によって身体に生傷は増えていくが、一切気に留める様子はない。

すでに限界を超えているはずだ――包帯だらけの身体に、傷はどこまでも悪化し続けている。失った血の量から考えて、いつ倒れてもおかしくはない。

それでもなお、シュリネは刀を振るい続ける。

「……！」

表情は窺えないが、焦りを見せているのはクロードの方だ。

たった一撃、掠るだけでも十分――シュリネを殺すのに必要なのは、本当にただ当てるだけでいいはずなのに、届かない。

圧倒的に優勢に見えたはずのクロードが、押されている。

「か、勝てるぞ……」

「おい、お前……！」

「あ、いや……」

民衆の一人が呟いて、それを咎める者がいた。――誰しもが、ルーテシアの処刑に納得していたわけではない。

けれど、誰も止めることなんてできるはずはなかった。

今、目の前の戦いを見るまでは。

クロードの前に立ち、シュリネはひたすらに剣を揮き、隙を見ては一撃を与える。

致命傷には程遠い。シュリネが受けた傷に比べれば、ほとんど戦いに支障は出ないものだ。

ただ、圧倒的に与えた数が違う。

クロードは未だにシュリネに剣を届かせることができないのに、シュリネは幾度となく刃を届かせている。

戦いの中で、クロードだけがシュリネの本質を理解していた。――成長している、この状況で。

死と隣り合わせの中、シュリネはクロードとの戦いで強くなっているのだ。

あるいは、最初に顔を合わせた時——クロードがこの状態であれば、シュリネを倒すことはできたのかもしれない。

彼女が刃を届かせる武器を持つ前であれば、優勢だったのはクロードなのだ。

しかし、今は違う。

「ふっ、ふぅ——」

呼吸は荒く、視界は狭い。かろうじて聞こえるのは、近づいてくる剣の音だけだ。

しかし、それだけあれば十分だった。刀はまだ握れている——シュリネは今、目の前にいる『最強』を斬るための存在だ。

「いい加減に……倒れろ……っ！」

さらに、クロードが魔力を溢れ出させた。

彼もまた、限界を超えようとしている——鎧の一部が弾け、より剣撃を加速させる姿へと変わる。

一振りすれば、地面を削り取って吹き飛ばすほどの力があった。

「クロード！　何を遊んでいる!?　早くそいつを始末しろ！」

声を荒らげたのは、アーヴァントだ。

まだ、彼はクロードが優勢だと思っているらしい。

圧倒的に有利な状況にあるのはクロードのはず――そう考えるのも無理はない。

実際に、シュリネはいつ止まってもおかしくはない。

ほんのわずかでも止まれば、クロードの一撃が彼女を跡形もなく吹き飛ばすのだ。

（あれ、わたしは……なんで、戦ってるんだっけ……？）

血を失いすぎたことで、シュリネの記憶は混濁していた。

どうして戦っているのか――それすら、理解できないほどに。

刀を握る力が緩むと、するりと手から滑り落ちてしまいそうになる。

目の前にいるのは、敵だ。

（そうだ、わたしを殺そうとする、敵……。なんで、わたしを……？）

――こんなになるまで、戦う意味なんてあるのだろうか。

身体中、血だらけで、赤く染まった服を見れば、もはや動いているのさえ奇跡と言える。

いっそ、このまま斬られた方が楽に終われる――そんな考えが過ぎった瞬間、

「シュリネ……っ」

戦いを見守っていたルーテシアが、その名を呼んだ。

――信じることしかできない。けれど、彼女はシュリネに願ったのだ。

願ってはいけないと思いながらも口にした言葉に対して、シュリネはただ一言、「引き

受けた」と答えた。

ルーテシアがシュリネを呼ぶ声は小さいものであったが、

「……『なんで』、なんて――バカか、わたしは」

はっきりと、意識を取り戻す。

どうしてこの場に立ったのか、答えは一つしかない。

ルーテシアを守るためだ。

そのために、立ちはだかる敵を斬る。

乱暴に振られた剣によって華奢な身体は軽々と吹き飛ばされるが、くるりと回転して着地する。

ルーテシアが少し離れたところで戦いを見守っていて、彼女のことが視界に入った。

――瞬間、シュリネの動きが止まる。

「！　もらったッ！」

クロードが叫び、勢いよく飛びあがると、そのまま大剣を振り下ろす。砂埃が舞い、割れた地面が砕けて宙を舞った。

パラパラと、砂が雨のように降る中で――広場は静まり返る。

最初に声を発したのは、アーヴァントであった。

「は、ははははっ、やったな。やったんだな!?　随分と時間をかけたが、やはりお前は最強の――は?」

そこで、アーヴァントの視界にもようやく映った。

全員が見上げているのは、空だ。

間もなく日が暮れる、というところで――シュリネの持つ真紅の刃は、より美しく輝いている。

クロードが本気で振り下ろした一撃には、圧倒的な威力と引き換えに、わずかな隙が生まれる。

その一瞬をひたすらに待ち続けたのは、シュリネの方だ。

落下と共に、シュリネが刀を振り下ろす。

だが、クロードは魔力を噴出させ、分厚い魔力の壁を作り出す。

全身全霊――この一撃さえ防げば、シュリネにはもう、クロードに対して一撃を加える機会は二度とやってこない。

それが分かっているからこそ、体内に流れる魔力の全てを、シュリネの一撃を防ぐためだけに使ったのだ。

クロードの全力は、シュリネの一撃を止めた。

シュリネの持つ刀は魔力を吸収し続けるが、尋常ならざる魔力の放出により、お互いの力が拮抗《きっこう》する。

結果、全身を鎧で包んだクロードが、刃を止めた。

「――ふぅ」

シュリネは小さく、息を吐き出す。

斬れない物を斬る――斬れる場所を斬ればいいというのが、シュリネの考えだ。

その方が、効率がいいに決まっている。

だが、斬らなければ勝てないというのであれば、シュリネはそれを可能にするために、全力を尽くす。両手で刀の柄を強く握り、シュリネは渾身の力を込めて、刃を振り下ろした。

「一刀――鎧断《よろいだち》」

シュリネが地面へと降り立ち、真っすぐ刀を振り下ろす――クロードを斬った。

よろよろと後方へと下がり、彼の噴出していた魔力はもう目に見えるほどはない。

最後に打ち勝ったのは、シュリネの方だ。

さらに追い打ちをかけるように、シュリネが構えた。

地面を蹴って駆け出した瞬間――それを狙っていたのはクロードの方だ。

兜の奥の目が輝くと、シュリネを両断する一撃を放つ。

しかし、それは虚空を斬るだけだった。

「……っ!?」

シュリネはまだ動いていない。低めの姿勢で、構えている状態だった。

――シュリネの殺意を感じ取って、クロードはすでに彼女が動いているものだと錯覚した。

そうなるように仕向けたのは、シュリネだ。

クロードほどの実力者なら、たった一度だけであれば騙《だま》すことができる。

今のが、クロードの放った渾身の剣撃だった。

「――見事だ」

呟いたクロードに対して、シュリネは刀を振るう。

最後の一撃によって、勝敗は決した。

＊＊＊

「はっ、はっ、は――ふぅ」

静寂の中、シュリネは呼吸を整える。

ガタンッと音を立てて、アーヴァントが椅子から滑り落ちた。

「バ、バカな……クロード、お前が負けるはず——そうだ！　まだ生きているだろう!?　その女はもうボロボロだ！　立て！　一撃だけでいい！　その女さえ殺せば、全てが俺のモノになるんだ！　死ぬなら、そいつを斬ってから死ね！」

随分と勝手なことばかり口にしている。

シュリネは呆れた表情でアーヴァントを見据えた。

ここで斬ってしまおうか——そう考えたが、倒れたクロードの声が耳に届く。

「……お前の勝ちだ。ルーテシア様は、連れていけ」

「まだ生きてるんだ、やっぱり頑丈だね」

「直に死ぬさ。だが、一言だけ伝えたかったのだ。私は——満足した。最期に、お前のような、強者と戦えたのは」

「わたしも。あなたは強かったよ」

「ふっ、そうか。私の望みも、叶——」

そこで、クロードの言葉は途切れた。

彼がアーヴァントに味方をしたのは、あるいは戦いを望んだからなのかもしれない。もう、その真意を確認することはできないが。

シュリネは倒れたクロードの横を通って、ルーテシアの下へと向かう。

彼女は今にも、泣き出しそうな表情をしていた。

時折、ふらつきながらも、シュリネはルーテシアの前に立つ。

「勝ったよ、約束通り」

「こんな、ボロボロになってまで……私のせいで……ごめん――」

「謝る必要なんてない」

シュリネはルーテシアの言葉を遮ると、彼女に向かって手を差し出す。

「帰ろう」

「……うんっ」

ルーテシアが手を取った。――決闘はシュリネが勝ち、約束通りルーテシアは連れて帰る。だが、

「……ふざけるなよ、認められるか、こんなこと」

アーヴァントは怒りに満ちた声で叫ぶ。

「奴らを殺せ！　もう虫の息だ！　クロードがいなくても、お前達ならやれるだろう⁉」

指示を出したのは、王宮の騎士達に対してだ。

すぐに動き出そうとする者はいない。

当たり前だ――王族同士の決闘で、代理人とはいえ、王国最強の騎士であるはずのクロードが敗れ去った。

約定《やくじょう》通り、ルーテシアはフレアに引き渡されることになるはずなのだ。

「身柄はたった今、そいつに引き渡した！　なら、後はこちらの自由だ！　俺の言うことが聞けないのか⁉」

「……！」

数名の騎士達が、アーヴァントの言葉に反応する。

まだ、かろうじて彼の支配力は残っている――シュリネの方を見た騎士達は、その姿を見て息を呑んだ。

傷だらけで、血に染まった服。いつ倒れてもおかしくない様子なのに、はっきりと向けられる殺意。近づけば殺される――気圧《けお》され、誰一人としてシュリネに近寄る者はいなかった。

「……！　役立たずどもが！　なら、この俺が直接――」

アーヴァントが剣を取り、シュリネの下へと駆け出そうとする。

その時、大勢の足音が聞こえてきた。

民衆はどよめいて、道を作り始める。

やってきたのは、大勢の騎士を連れたフレアであった。

「フレア……!?　何故、お前がここに……！」

「わたくしは第一王女です。王宮に足を運ぶことに何の疑問がありましょう。それに、約束通り――ルーテシアはわたくしが連れて戻ります」

シュリネの勝利に賭けて、フレアは準備をしていた。

アーヴァントであれば、必ず約定を破ろうとする――民衆を前にして醜態を晒《さら》しても、だ。

「連れて帰って何になる。そいつが俺の親衛隊を殺した証拠は俺が――」

「これのことですか？」

フレアが見せたのは、シュリネが騎士を殺した瞬間が映っているはずの魔道具であった。

アーヴァントの顔が、青ざめていく。

「な、何故お前がそれを……!?」

「ある方が届けてくださいました。この魔道具に細工をされた疑いがありますので……しかるべき調査は我々が致します。兄上は、どうかお引き取りを」

「……っ」

今、アーヴァントを守ろうとする者はいない。

その事実に気付くと、間の抜けた声を漏らしながら、アーヴァントは王宮の方へと走って逃げていった。

「ある方って、一体誰が……」

「ハインだよ。ここに来る途中で会った」

「！　ハインが……？」

彼女にできる唯一のこと、そう言っていた。――ルーテシアを救える可能性を持ってきてくれたのだ。

「どうか、お嬢様を救ってください……！」

頭を下げたハインに、シュリネは一言だけ「分かった」と伝えた。

彼女はこの場に来ていないし、あるいはもう来るつもりもないのかもしれないが――間違いなく、ルーテシアを救う手助けをしてくれたのはハインだ。

「次に会ったらさ、礼の一つでも言っておきなよ」

「ええ、そうね。ハインとは、もっと話したい。それに、貴女とも」

「……わたし？」

「ええ、そうよ。だって――」

その時、シュリネはその場で力なく座り込んだ。

「……!?　シュリネ！」

「……ちっ、限界、かな」

出血は止まっていない。

フレアが連れてきた救護隊がすぐに駆けつけてくる。

ルーテシアの身体も限界のはずなのに、彼女はシュリネの傍を離れようとしなかった。

「ルーテシア、貴女も早く治療を……」

「大丈夫だから」

「でも……」

そこまで言って、フレアは押し黙る。

シュリネの状態は――もはや手遅れのように見えた。

魔力のない状態では、流れ出す血を止めることはできない。

魔法による治癒だけでは、追い付かないのだ。

「私がやるわ」

ルーテシアはそう言って、シュリネの頭を膝の上に置いた。

高度な治癒術を扱えるルーテシアなら、確かにシュリネを救える可能性はあるかもしれない。

それでも、絶望的と言えるくらいに、彼女は弱っている。

ほとんど意識のないシュリネを見て、ルーテシアは泣きそうになりながらも、魔力を集中させる。

「まだ、貴女のこと……何も知らないのよ。だから、お願い――生きて」

――頬に手を触れて、ゆっくりとした動きで、ルーテシアはシュリネに唇を重ねる。

相手に呼吸を送り込むように、体内で練り上げた魔力を直接送り込むのだ。

シュリネの口元がわずかに動いても、ルーテシアは構わずに魔力を注ぎ続ける。

（あたたかい……）

もはや呟くことすらできなかったが、シュリネが最後に思ったのは、そんな言葉であった。

シュリネの意識は――そこで完全に途切れた。

＊＊＊

――あれから、一週間が経過した。

未だに王都内では、情勢を心配する声が多い。

代理とはいえ、第一王子と第一王女による決闘が行われたのだから、無理もないだろう。

だが、その結果は大きかった。

フレア・リンヴルムを次代の王に選定する——それが、五大貴族の出した総意であった。

ルーテシアがアーヴァントの放った刺客によって襲われていた事実。裏から手を回して行っていた悪事も徐々に明らかになり、彼を支持していた層からも見限られた形だ。

「もちろん、わたくしをただ支持するわけではなく、兄上の支持に意味がなくなった、という者も多いでしょう」

「一筋縄ではいかないわよね」

フレアの屋敷で療養していたルーテシアは、彼女と対面で話をしていた。

まだ身体は完全に癒えておらず、歩くには杖を使う。

けれど、食事はできているし、後遺症も残りそうにない。

彼女とよく話すのは、今後のことだ。

クロードが死んだ事実もまた、王国の弱体化を招くことになる。

たった一人の騎士がいなくなっただけ——そう思う者もいるだろうが、クロードは間違いなくこの国の最高戦力であったのだ。

「やるべきことはたくさんあります。わたくしは……女王として、これからは頑張らないといけませんね」

「私も協力するわよ」

「ルーテシアには――もう十分過ぎるほど助けてもらいましたけれどね。貴女がいなければ、こうはならなかったのですから」

「私は……何もしてないわ。少なくとも、アーヴァント――あんな奴が王になるのは絶対に間違っている、そう思っただけ。もちろん、貴女を支持するのは私の意思だけど。私だって、生きていられるのはシュリネのおかげだし」

憂いを帯びた表情で、ここにはいない彼女のことを口にする。

大怪我を負っても、ルーテシアを助けてくれた。シュリネは間違いなく、命の恩人なのだ。

「そう言えば、シュリネさんの姿がありませんね。つい先日までは寝たきりでしたのに……」

「私よりも怪我はひどいはずなのに、歩き回るのよ。どれだけタフなんだか……怒っても聞かないし」

シュリネは二日ほど目を覚まさなかった。

ルーテシアの治癒術のおかげでかろうじて生き延びた彼女は、三日目に目を覚ますと、四日目には屋敷内を歩くようになっていた。

ルーテシアですら、杖をつかないと歩けないというのに、シュリネは治っていない身体でも元気だった。

「鍛え方が違うからね」

――そう言われてしまっては、それまでなのだが。

「今はどこにいるか、分からないのですか？」

「たぶん近くにはいると思うけれど……戻ったら言っておくわ。まだ休んでないと、って」

「貴女も、そろそろ休んだ方がいいかもしれませんね」

「ええ、でも、もう少しだけ。シュリネが帰ってくるの、ここで待つわ」

「でしたら、わたくしもお付き合い致します」

二人はそれから、他愛のない話を始めた。

ほんのつい数日前までは考えられないような平穏が、そこにはあったのだ。

＊＊＊

「くそ……どうしてこの俺が……！」

誰もいない部屋で、アーヴァントは一人、悪態をつき続けていた。

まだ第一王子という立場にあるが、彼の行ってきた悪事はすでに知られ、表を歩くことさえ満足にできない。

もう、王になることも叶わないのだ。

「これも全部、あの女のせいだ……！」

アーヴァントが怒りの矛先を向けたのは、ルーテシアだった。

潔く自分の妻になっていれば。大人しく従ってさえいれば。あいつが、あんな護衛を連れていなければ――

「あああああ！　許さん……ルーテシア……！　お前だけは絶対に……殺してやる。生かしておいてやろうなどと、もう甘い考えはしないッ」

怒りに満ちた表情で、アーヴァントは決意する。

確かに権力の多くを失ったが、まだ道はある。

何もこの国にこだわる必要などないのだ――持っている情報を生かせば、ルーテシアを狙うくらいはできる。財産だって、隠していたものがあるのだから。

「――やっぱり、あなたは本当のクズだね」

「……誰だ!?」

窓が開き、姿を現したのはシュリネだった。

怪我が治っていないために、身体のあちこちに包帯を巻いているが、特に気にする様子もなく部屋の中に入ってくる。

アーヴァントは青ざめた表情で、シュリネを見た。

「な……こ、ここは王宮の上層だぞ!? 一体どうやって……」

「外から来たに決まってるじゃん」

「え、衛兵はどうした!?」

「わたしはあなたの『最強』を斬ったんだよ? そこらの騎士なんて相手じゃないって」

アーヴァントは怯えた様子を見せながら下がる。

すると、手に当たったのは剣だった――すぐに手に取って抜き放つと、

「動くな」

気付けば、喉元に刃先が当てられていた。

「く……っ」

アーヴァントが動きを止めると、シュリネは素早い動きで彼を投げ飛ばす。

体躯の差をものともせず、ふわりとアーヴァントの身体は持ち上がり、壁へと叩きつけ

られた。

「がはっ」

ずるりと床に滑り落ちると、目の前に刀が突き刺さる。

「ひ……っ、お、俺を殺せば問題になるぞ……!?」

「知ってるよ。仮にもまだ王族だから、殺すわけにもいかないらしいね」

フレアとルーテシアが言っていた。

いくらクズでも、簡単に殺して終わり、というわけにはいかないらしい。

だが、シュリネは別に――アーヴァントを殺すために来たのではない。

「わたしはさ、ルーテシアの護衛なんだ」

「……？　何を――」

次の瞬間、シュリネはアーヴァントの手の指の爪を一枚剥いだ。

「ぎっぁあああ――んぐっ!?」

叫び声をあげようとするアーヴァントの口に布を押し込むと、シュリネは自身の口元に指を当てて、冷ややかな視線を向けて言い放つ。

「護衛のすることは、対象を守ることなんだよ。けどね、あなたは放っておけば――必ずルーテシアを狙う。そんな分かりきったことをさ、放っておくわけにはいかないんだよ。

だからね」

ベキリ、と二枚目の爪を剥ぎ取り、アーヴァントが暴れる。

そんな彼の肩の骨を外し、すぐ近くにあった部屋に飾られたオブジェで片足をへし折った。

泣いて喚《わめ》こうとするが、くぐもった声しか出ないアーヴァントに対し、シュリネは続ける。

「殺せなくても、方法はあるんだ。これから――わたしはあなたの心を殺す。もう二度とルーテシアの命を狙うことがないように。耐える必要はないよ。まずは……ルーテシアが受けた傷と、同じ苦痛は味わってもらわないとね」

すでにアーヴァントの心は折れかけていた。

けれど、まだ始まったばかり――アーヴァント・リンヴルムはこの日以降、表舞台に姿を現すことはなくなった。

何かから逃げるように。そして、怯えたままに――生涯を過ごすのだ。

エピローグ

シュリネがフレアの屋敷に戻ったのは、日が暮れる頃であった。

王都は広く、まだまだ観光できるところはたくさんある――怪我が治り次第、もっとしっかり観光をしたいと思っているところだが、門の前ではルーテシアが待ち構えていた。

「げ……」

「げ、じゃないでしょう。貴女ね、ろくに怪我も治ってないのにどこを歩き回っているのよ!?」

「あー、まあ、ちょっとした野暮用でね」

「野暮用って……もしかしたら、まだアーヴァントが何か仕掛けてくるかもしれないんだから、気を付けないとダメよ」

「分かってるよ」

その心配はもうないのだが――あえてルーテシアに伝えることはしない。

ルーテシアは杖をつかなければ歩けない状態だというのに、どうやらここでシュリネを待っていたようだ。

「部屋で休んでればよかったのに」

「フレアと話しながら待っていたのよ。なのに、全然戻ってこないから……」

そう言うと、ルーテシアはそっとシュリネに身体を預ける。

「あんまり、心配させないでよ。貴女の方が大怪我なのに」

「だから、それは言ったでしょ――」

「『鍛えているから』って、無茶をしていい理由にはならないわよ？」

「分かったって。しばらくは休むよ」

シュリネとしても、もうやるべきことは終えている――あとは休息をして、身体の傷を癒すことに集中するつもりだった。

すでに歩き回れる状態ではあるが、助かったのは奇跡的と言えるほどの怪我であった。

シュリネの生命力が高かった、としか言いようがない。

確かに、修行時代から死地のような場所で暮らしてきたために、生き残る運だけはあるのかもしれない。

二人で敷地内を歩きながら、今後のことについて話す。

「怪我が治ったら、私が王都を案内するわね」

「いいね。ちょうど、色々見て回りたかったし」

「貴女、最近は一人で観光していたわけじゃないの？」

「この辺りは見てるよ。静かでいいところだね」

「そうね。本当、信じられないくらい落ち着いていて――ハインも、ここにいてくれたらよかったのだけれど」

ハインは――ルーテシァの下へは戻ってこなかった。

その後の消息は掴めていない。

最後に会ったのがシュリネであり、あの時の彼女は確かに、ルーテシアのことを託したようにも見えた。

けれど、彼女にとっては長年付き添ってきた、今では家族のような存在だろう。簡単に忘れられるはずもない。

「いずれ戻ってくるんじゃない？　戻ってこないならさ、捜しに行けばいいし」

「捜すって、手がかりもないじゃない」

「なら、諦める？」

「それは……嫌だけれど」

「じゃあ、決まりだ。わたしも手伝ってあげるからさ」

「……それなら、今後の契約の話もしておいた方がいいかしら」

契約——護衛の話だろう。

「そう言えば、そんな話もあったね。一先ず、提案を聞いてみようかな？」

「そうね……まずは、十年契約でどうかしら」

ルーテシアの言葉に、シュリネは思わず目を丸くした。

「十年って……単位が長いなぁ」

「な、何よ。護衛ってそれくらいの長さで雇うものではないの？」

「まあ、わたしは生涯を守り抜く——そういうつもりで護衛の仕事には就くつもりだったけどさ」

「！　貴女の覚悟はすごいわね……」

「あくまで、旅人になる前だけどね。でも、わたしは安くないよ？」

「お金なら払うわよ。契約なら当然でしょ？　命だって救ってもらったし——この前の王宮での戦いなんて、いくら払えばいいんだか……」

「ああ、あれはお金はいらないよ。わたしが勝手にやったことだし」

「勝手にやったって、私が納得できないじゃない」

「わたしの治療費でちょうどいいくらいでしょ」

そう言いながら、シュリネは自身の唇に指を当てた。

するると、ルーテシアは顔を赤くする。

「あ、あれは不可抗力で……というか、覚えてないって言ってたじゃない！」

「ん、わたしは覚えてないけど……顔を赤くするようなことでもしたの？」

「し、してないわよっ、何も！」

「ふぅん、わたしは初めてだったのになぁ」

「……へ？」

シュリネの言葉を聞いて一層、ルーテシアの顔が赤くなった。

「死にかけたの」

「……っ、か、からかわないでっ！」

「あはは、ルーテシアは面白いね」

「この、待ちなさい！」

シュリネが前を歩き、ルーテシアが必死になって追いかける。

——意識は確かに薄れていたが、シュリネは覚えている。

ルーテシアが救ってくれたことも、初めてのキスのことも。不可抗力、というのはまさに彼女の言う通りだろう。

シュリネだって、特別に意識しているつもりはない。けれど、
(これも悪い気は、しなかったね)
そんな風に思いながら——シュリネはルーテシアの傍にいることを決める。
守るべき主を失った少女が、新たな主と共に歩み出した瞬間であった。

あとがき

はじめましての方ははじめまして、お久しぶりの方はお久しぶり、笹塔五郎です。

この本が読まれているということは、私はもうこの世にいない……となりそうだったのですが、何とか生き延びて無事に新作が出せて嬉しい限りです。

この作品を書く前に、早い話が二カ月ほど入院しておりまして、さらには集中治療室の一歩手前まで行く、という中々ハードな経験をさせてもらいました。

身体も全盛期には戻らないですが、何かこういう言い方ができるようになったのがかっこいい気がするので、一先ずはよしとします。

実のところ、この作品の書き出しは一年以上前にあって、プロローグと序盤の展開だけは書いて寝かせていたものでした。

退院してから、私はまだ小説が書けるのかどうか……というのをチャレンジ精神も含めてＷｅｂでの連載を始め、こうして無事に書籍化させていただくことになりました。

ＧＣＮ文庫様には二年前に新作を出せていただき、こうしてもう一作出させていただく運びとなったのは嬉しい限りです。

ＧＣＮ文庫もつまり二周年ですね、おめでとうございます！

さて、そもそも本作を書こうと思ったきっかけを言いますと、刀使いの和風な女の子を主人公にしたい……というシンプルな考えからスタートしています。

それなら現代物でもいいんじゃないか、という意見もあるかと思いますね。

もちろんそれも分かりますが、ファンタジーで和風な女の子……いいですよね。

少女剣士が列車でバトル、なんか特に自分が見たいシーンだったりしました。

もちろん、無駄に列車を出したわけではなく、今後もそれに関わるようなお話も出していきたいとは思っています。

さて、本作の主人公のシュリネは濡れ衣を着せられて旅に出ることになりました。

でも、人を斬ったことは明言しているんですよね、悪人に限りですが。

ただ、正義の味方というわけではなくて、あくまで仕事に律儀で忠実な子、という感じです。

受けた仕事は必ず全うするし、逆にやりたくない仕事は受けない……そんなタイプです。

強い女の子っていいですよね、かっこよくて可愛いので。

そんなシュリネが出会ったのが、公爵令嬢という立場でありながら命を狙われるルーテシアです。

出会いはシュリネの刀一本で向かう先を決めた時に始まり――まさにガールミーツガールなファンタジー。

ルーテシアは毅然とした態度ですが、時折見せる姿は普通の女の子、そんなイメージです。

回復担当でもあるので、二人の相性は抜群ですね。

ちなみに本当に終盤でのキスシーンは序盤から考えていたわけではなくて、終盤の戦いを書いていたところ、「これは流れがきているな……」ということで入れました。

治癒魔法を最大限に生かすためのキス……これがガールミーツガールでバトルファンタジーにおいては私が書きたかったといっても過言ではありません。終盤で思いついたくせに、と突っ込まないでください。

一巻でルーテシアの問題は大体片付きますが、まだ彼女のお付きのメイドであるハインの問題もありますね。

ここについては、一巻ではそこまで触れずに流しましたが、しっかり書いていきたいところですね。

二巻が出るなら、間違いなくメインのお話になると思います。

では、諸々あとがきはこの辺りにしまして、謝辞を述べさせていただきます。

イラストを担当いただきましたミユキルリア様。

かっこよくて可愛いシュリネや令嬢らしくも女の子らしいルーテシア、そしてバトルシーンも熱く、作品のイメージにどこまでも合ったものを描いてくださって本当に嬉しいです。ありがとうございます！

担当編集者のN様。後から細かく本文修正依頼しましたが、丁寧にご対応いただきありがとうございます。つい、後から読み直して気になるのが悪い癖で……。これからもたぶん気になったらちょくちょく出します。

また、本作に関わってくださいました皆様へ、この場にて感謝の言葉を述べさせていただきます、ありがとうございます！

この本を取ってくださいました皆様にも感謝致します、ありがとうございます！

また次巻で会えましたら、宜しくお願い致します。

ファンレター、作品のご感想をお待ちしています!

【宛先】
〒104-0041
東京都中央区新富1-3-7　ヨドコウビル
株式会社マイクロマガジン社
GCN文庫編集部

笹塔五郎先生 係
ミユキルリア先生 係

【アンケートのお願い】

右の二次元バーコードまたは
URL（https://micromagazine.co.jp/me/）を
ご利用の上、本書に関するアンケートにご協力ください。
■スマートフォンにも対応しています（一部対応していない機種もあります）。
■サイトへのアクセス、登録・メール送信の際の通信費はご負担ください。

本書はWEBに掲載されていた物語を、加筆修正のうえ文庫化したものです。
この物語はフィクションであり、実在の人物、団体、地名などとは一切関係ありません。

GCN文庫

『人斬《ひとき》り』少女《しょうじょ》、公爵令嬢《こうしゃくれいじょう》の護衛《ごえい》になる

2023年10月27日　初版発行

著者　笹塔五郎《ささとうごろう》

イラスト　ミュキルリア

発行人　子安喜美子

装丁　横尾清隆
DTP／校閲　株式会社鷗来堂

印刷所　株式会社エデュプレス

発行　株式会社マイクロマガジン社
〒104-0041　東京都中央区新富1-3-7　ヨドコウビル
［販売部］TEL 03-3206-1641／FAX 03-3551-1208
［編集部］TEL 03-3551-9563／FAX 03-3551-9565
https://micromagazine.co.jp/

ISBN978-4-86716-484-6 C0193
©2023 Sasa Togoro ©MICRO MAGAZINE 2023 Printed in Japan

定価はカバーに表示してあります。
乱丁、落丁本の場合は送料弊社負担にてお取り替えいたしますので、
販売営業部宛にお送りください。
本書の無断複製は、著作権法上の例外を除き、禁じられています。

王族に命を狙われている
公爵令嬢
上流階級に嵌《は》められた
人斬り少女
2人を軸にして織りなす逆転劇を
スメラギ先生の
血と汗がほとばしる
超美麗イラストにて
"Hitokiri" Girl
Becomes Bodyguard for
Duke's Daughter
コミカライズ
企画進行中

GCN文庫

一緒に剣の修行をした幼馴染が奴隷になっていたので、Sランク冒険者の僕は彼女を買って守ることにした

剣と恋の、エロティックバトルファンタジー!!

奴隷に身を落とした幼馴染の少女アイネ。なぜか帝国に追われる彼女を守るため——「二代目剣聖」リュノアの戦いが始まる!

笹塔五郎　イラスト：菊田幸一

■文庫判／①～③好評発売中

GCN文庫

レベル1から始まる召喚無双
～俺だけ使える裏ダンジョンで、全ての転生者をぶっちぎる～

最弱から最強へ　廃課金チートを無課金でぶっ飛ばせ!

「村人ですが何か?」の白石新がおくる、最強転生ファンタジーがついに登場!

白石新　イラスト：夕薙

■文庫判／①～③好評発売中

GCN文庫

魔女と傭兵

孤独な魔女と孤高の傭兵
二人が交わる時、物語は始まる

「私を、殺しますか」
最凶の二人は出会い、飄々と未踏を征く。圧倒的支持を受ける本格ファンタジー、堂々書籍化!

超法規的かえる　イラスト:叶世べんち

■文庫判/①～②好評発売中

GCN文庫

村人ですが、なにか？

転生っていったら やっぱ最強（チート）だろ？

勇者も魔王もデコピンですっ!ぶっちぎりの俺TUEEE!!!
俺が……地上最強の村人だっ!

白石新　イラスト：FAMY

■文庫判／好評発売中

GCN文庫

暴食のベルセルク
～俺だけレベルという概念を突破して最強～

無能と蔑まれた少年の
下剋上が今始まる――

フェイトの持つスキル暴食は、腹が減るだけの役に立たない能力。だがその能力が覚醒したときフェイトの人生は大きく変わっていく……。

一色一凛　イラスト：fame

■文庫判／①～⑦好評発売中

GC NOVELS

魔力チートな魔女になりました
～創造魔法で気まま異世界生活～

**ほっこり可愛い、でもたまに泣ける
悠久を生きる魔女の壮大な旅の物語**

不老の魔女は、何でも作れる創造魔法と可愛い相棒テトと共に、気の向くまま世界を旅する……。

アロハ座長　イラスト：てつぶた

■B6判／①～⑧好評発売中

GCN文庫

放課後の迷宮冒険者《ダンジョン・ダイバー》
～日本と異世界を行き来できるようになった僕はレベルアップに勤しみます～

たまには肩の力を抜いて
異世界行っても良いんじゃない？

せっかく異世界に来たので……と冒険者（ダイバー）になった九藤晶が挑む迷宮には、危険が沢山、美少女との出会いもまた沢山で……？

樋辻臥命　イラスト：かれい

■文庫判／①～③好評発売中

GC NOVELS

「お前ごときが魔王に勝てると思うな」と
勇者パーティを追放されたので、王都で気ままに暮らしたい

迫り来る恐怖を超えて
絶望の中の希望を掴み取れ!

やつあたりでパーティを追い出され、奴隷として売り払われたフラム。だがそこで呪いの剣を手に入れた時、その絶望は反転し始める――。

kiki　イラスト：キンタ

■B6判／①～④好評発売中

GC NOVELS

異世界黙示録マイノグーラ ～破滅の文明で始める世界征服～

転生したら、
邪神（かみ）でした――

伊良拓斗は生前熱中したゲームに似た異世界で、破滅を司る文明マイノグーラの邪神へと転生したが、この文明は超上級者向けで――？

鹿角フェフ　イラスト：じゅん

■B6判／①～⑥好評発売中